Die allerschrägste Hexe

Das Hexengasthaus, Band 1

Jeannie Wycherley

Die allerschrägste Hexe
Das Hexengasthaus, Band 1
von

Jeannie Wycherley

Bark at the Moon Books

Hier können Sie sich für den Newsletter der Autorin anmelden (in englischer Sprache):
eepurl.com/cN3Q6L

Herausgeberin: Anna Bloom at The Indie Hub (2018) Christine L Baker (2023)
Coverdesign: Tammmy
Übersetzung: Julia Fuchs
Lektorat: Kerstin Neef

Ohne Titel

Für meine wunderbare Mum
Da es in meinen Büchern gerne mal blutig zugeht
und ich weiß, dass du das nicht magst,
freue ich mich umso mehr, dass du diese Geschichte
hier ganz unbeschwert genießen kannst.

Garantiert ohne Gruselszenen.

Carole Anne Sharp, ich liebe dich sehr!

Kapitel 1

Wir hatten einen frühen Morgen gewählt, um uns von Yasmin Daemonne zu verabschieden. Nebel waberte über der kleinen Waldlichtung, die kaum genügend Platz für die Trauergemeinde bot, sodass wir uns zusammendrängen mussten. Erstaunt blickte ich umher und konnte kaum fassen, dass so viele Leute zu Ehren meiner Mutter gekommen waren. Yasmin und ich waren nie so gut miteinander ausgekommen.

Doch hier standen sie alle friedlich vereint, die Großen, die Guten ... und die weniger Guten. Zauberer, Hexen und Hexenmeister, Feen und sogar der ein oder andere Fae. Ausnahmslos alle waren dem Anlass entsprechend gekleidet. Sie trugen Trauergewänder in Schwarz oder Nachtblau, manche mit Hermelin besetzt, die Feen feinste Seide. Die Mitglieder von Yasmins Hexenzirkel trugen aufwendige, mit schwarzen Bändern verzierte Kopfbedeckungen aus fein geflochtenen Zweigen, geschmückt mit Moos, Blättern und Frühlingsblumen, die zweifellos heute früh frisch gepflückt und kunstvoll zusammengesteckt worden waren.

Ich für meinen Teil hatte mich für ein schlichtes, schwarzes Outfit entschieden: ein hochgeschlossenes, bodenlanges Gewand, das an der Brust eng anlag, jedoch die Hüften umschmeichelte und so eine Vielzahl kleiner Sünden kaschierte. Darunter trug ich ein einfaches schwarzes Wollkleid und meine schwarzen Stiefel mit den dicken Sohlen. Meine Gewänder kamen in letzter Zeit nur noch selten zum Einsatz, und da ich in den vergangenen Jahren zugenommen hatte, waren sie leider etwas zu eng geworden. Aber was machte das schon? Ich hatte fest vor, die verdammten Dinger zu verbrennen, sobald ich diese Zeremonie hinter mich gebracht und meine Pflichten erfüllt hatte.

Seit meinem Schulabschluss mit achtzehn Jahren hatte ich nicht mehr an einer solchen Zusammenkunft teilgenommen, das ist über ein Jahrzehnt her, und ich empfand dieses magische Brimborium als extrem anstrengend.

Der für die Zeremonie verantwortliche Zauberer, Luca Shadowmender, der als Elder zu den ältesten und erfahrensten gehörte, ergriff das Wort, um Yasmin mit einer Reihe von Segenssprüchen in die jenseitige Welt zu entlassen. Er wünschte ihr alles Gute für ihren Weg ins Sommerland, wo sie in Frieden mit ihren Vorfahren leben würde. Den Abschluss bildete natürlich ein Ritual, bei dem wir alle um das Feuer in der Mitte der Lichtung herum schritten, die Elemente beschworen, uns mit der Erde, gleichzeitig aber auch mit dem Wind verbanden, um Yasmins Geist in die Lüfte zu geleiten. Ich tat es ihnen gleich und hatte keine Mühe, mich den Gepflogenheiten der magischen Zunft anzupassen. Mit all diesen Dingen war ich bestens vertraut, auch wenn der von mir gewählte Weg nun anders aussah. Schließlich rief Shadowmender die Göttin an, Yasmin bei der Hand zu nehmen und sie an einen helleren Ort zu führen. Das war mein Stichwort, und ich trat vor, um die Flammen mit einem bereitstehenden Eimer Wasser zu löschen. Ganz ohne Magie.

Ich verharrte an Ort und Stelle und beobachtete, wie die Rauchfahnen in changierenden Grau- und Weißtönen gen Himmel aufstiegen, sich verwirbelten und weiter hinauf schlängelten. Vielleicht war der Rauch die Seele meiner Mutter. Wenn dem so war, war sie jetzt frei.

Shadowmender kam über die Lichtung zu mir herüber gehumpelt, stützte sich schwer auf seinen Stock und betrachtete mich mit wässrigen Augen. Unerwartet stiegen Tränen in mir hoch, die ich wegzublinzeln versuchte, und zwang mich zu einem kläglichen Lächeln.

„Wir alle bedauern deinen Verlust, Alfhild", murmelte er und nickte den anderen zu, während sich die Versammlung auflöste.

„Danke", antwortete ich. Es erschien mir einfacher, ihn nicht daran zu erinnern, dass meine Mutter und ich uns seit einigen Jahren immer fremder geworden waren. Auf jeden Fall fiel es mir schwer, meine Gefühle bezüglich Yasmins Tod richtig einzuordnen.

„Sie war immer sehr hilfsbereit, eine großartige Lehrerin und mächtige Hexe."

Ich nahm seine Würdigung schweigend zur Kenntnis. Vielleicht war ich die Einzige, die Yasmin als kratzbürstig und schwierig empfunden hatte? Oder vielleicht – wahrscheinlich – lag es allein an mir, ihrer verirrten Tochter. Immerhin hatte ich meine Berufung als Hexe so konsequent und hartnäckig abgelehnt, dass meine Mutter es verzweifelt aufgegeben hatte, mich zu bekehren. Ich hatte sie angefleht, mir zu erlauben, meinen eigenen Weg zu gehen, ganz gleich, wohin dieser mich führen würde. Eines Tages hatten wir so heftig darüber gestritten, dass sie mir schließlich an den Kopf warf, wie sehr sie sich meinetwegen schäme, und mich für immer aus ihrem Haus verbannte.

Harte Worte und ungerechte Vorwürfe. Ich erschauderte bei der Erinnerung an meine wutschnaubende Mutter. Sie hatte nie verstanden, dass ich mir immer nur gewünscht hatte, normal zu sein. Unter Menschen zu leben und normale Dinge zu tun. Ob das nun darin bestand, vor dem Fernseher zu chillen oder auf einem Rockkonzert in der Menge zu baden und zu tanzen. Ich liebte es, Kuchen zu backen – mit Mehl, Eiern und Butter, nicht mit gemahlenen Fledermausknochen und Knorpelwürze. Und ja, ich trug lieber Jeans und T-Shirts als irgendwelche Fummel aus dicker Wolle oder Samt. Noch schlimmer fand ich diese rustikalen Klamotten, die für hexische Aktivitäten im Freien gut sein sollten. Die einzige Anspielung auf meine Herkunft? Mein Gothic-Make-up und meine Vorliebe für schwarze Kleidung. Ja, meine Jeans waren schwarz, genauso wie meine T-Shirts und mein Eyeliner. Aber da ich oft in Kneipen und Nachtclubs arbeitete, war ich damit nie aufgefallen.

Leider hatte meine Mutter hartnäckig auf ihrem Standpunkt beharrt und jeden Gedanken daran verworfen, dass ihre teure einzige Tochter Alfhild ein Leben jenseits ihrer Bestimmung führen könnte. Ihre völlige Kompromisslosigkeit hatte mich schließlich dazu gezwungen, meine Sachen zu packen und zu gehen, dem Blutdruck meiner Mutter und meinem eigenen Seelenheil zuliebe. Das war vor zwölf Jahren gewesen, und seitdem hatten wir kaum noch miteinander gesprochen. Und nun war es zu spät.

„Jetzt bin ich eine Waise", flüsterte ich so leise, dass Shadowmender mich kaum hören konnte.

Das Feuer zu meinen Füßen, von dem ich glaubte, es gelöscht zu haben, glühte auf, und eine einzelne Flamme schoss empor. Verwirrt starrte ich sie an. Was hatte das zu bedeuten? In meinem gewöhnlichen Leben hätte ich wohl vermutet, dass ich nicht genügend Wasser auf die Glut gegossen hatte, aber hier auf dieser Lichtung, umgeben von einigen der mächtigsten Hexen und Zauberer des Landes, konnte ich mich der Vermutung nicht erwehren, dass etwas anderes dahinter steckte.

Das anschließende Traueressen war eine fröhliche Angelegenheit, die im The Full Moon stattfand, einem Pub im Zentrum Londons in der Celestial Street, die nur Insidern bekannt war. Der Zugang zu dieser Straße erfolgte über eine gewöhnlich aussehende Buchhandlung in der Charing Cross Road – wenn man die richtigen Regale kannte, natürlich in der Abteilung mit den okkulten Werken. Von dort gelangte man in eine dunkle, gepflasterte Gasse, die von zahlreichen Geschäften gesäumt war, wo es allerlei nützliche Dinge gab, sofern man zu den Magiebegabten gehörte. Bei Pointitatem's beispielsweise gab es Zauberstäbe, Basildon Bonded war ein Schreibwarengeschäft – perfekt für alle, die ein Schattenbuch benötigen –, der Supermarkt Fidl war auf Frösche, Kröten, Molche und diversen Kleinkram spezialisiert, und mein persönlicher Favorit, The Familiar Shoppe, bot ein umfangreiches Sortiment an Zubehör für Haustiere aller Art, darunter Katzenspielzeug und -kratzbäume, Hundekörbe, Vogelsitzstangen und handgefertigten Einhornschmuck.

Das Full Moon befand sich in einem schmalen, vier Stockwerke hohen Gebäude, das sich perfekt zum Trinken und Feiern eignete, mit Zimmern in den oberen Etagen, wo die Gäste übernachten konnten. Heute war es bis auf den letzten Platz gefüllt, und laute Musik dröhnte aus der Jukebox. In diesem Pub war jeden Tag Halloween, und gerade schallte zur Freude der Gäste Sugar Magnolia von The Grateful Dead aus den unzähligen Lautsprechern. Ich fragte mich, wer dieses Lied wohl ausgewählt hatte, denn es war einer von Yasmins Lieblingssongs.

Erschöpft ließ ich mich auf einer mit vielen Kissen gepolsterten Bank seitlich des Tresens nieder und nahm die Beileidsbekundungen der Trauergäste entgegen, die sich der Reihe nach zu mir gesellten. Ich musste mich wirklich zusammenreißen, um mich auf all die Gespräche zu konzentrieren und auf jeden entsprechend einzugehen, mal traurig oder bedauernd, mal lächelnd und mal plaudernd. Ich merkte, dass ich zunehmend auf Autopilot schaltete. Mir tat der Kopf weh, mein Gesicht brannte, und ich schwitzte unter dem kratzigen Wollkleid.

Wie lange dauerte das denn noch? Ich schaute – unbemerkt, wie ich glaubte – auf meine Uhr, doch als ich wieder aufsah, stand ein Stück von mir entfernt eine dünne Frau mit kantigen Zügen, die mich eingehend musterte. Ihre hagere Gestalt war in eine enganliegende schwarze Robe gehüllt, und ihre

Augen schienen meine Seele zu durchbohren. Gespannt erwiderte ich ihren Blick, und schließlich brachte sie ein schmales Lächeln zustande und kam langsam auf mich zu.

„Penelope Quigwell", stellte sie sich vor und streckte mir ihre knochige Hand entgegen. Ich reichte ihr die meine, die sich leicht verschwitzt und auf einmal sehr plump anfühlte, und bemerkte erstaunt, wie transparent die Haut dieser Frau erschien. „Ich bin die Anwältin Ihrer Mutter."

„*War*, meinen Sie?", entgegnete ich ein wenig pikiert. „Sie *waren* die Anwältin meiner Mutter. Sie ist tot. Deswegen sind wir hier ..." Beinahe wäre mir noch „und feiern" rausgerutscht, aber ich zügelte mich. Es wäre unpassend und missverständlich gewesen, und ich hatte mich schon unhöflich genug ihr gegenüber verhalten.

Penelope zog den linken Mundwinkel nach oben. „Ich *bin* die Anwältin Ihrer Mutter, bis ihr Nachlass geregelt ist und das Eigentum an dem Anwesen übertragen wurde."

„Welches Anwesen?", fragte ich überrascht und runzelte die Stirn. Den trostlosen kleinen Hühnerstall, in dem meine Mutter gehaust hatte, irgendwo auf dem Land im tiefsten Somerset, konnte man ja wohl kaum als Anwesen bezeichnen. Ein einziges

Streichholz würde ausreichen, um ihn samt der wenigen Habseligkeiten, die meine Mutter besessen hatte, verschwinden zu lassen. Yasmin führte ein einfaches Leben, mit einer harten Holzbank, die gleichzeitig als Bett und Sofa diente, einem Herd mit einem großen eisernen Kessel und einer Vorratskammer, in der sie ihr Sammelsurium an eigentümlichen Zutaten für ihre Zaubertränke und Tinkturen aufbewahrte. Sie hatte nur selten Lebensmittelvorräte im Haus, und ihre Kleider hingen an einer Stange hinter einem Vorhang.

„Ja. Ihre verstorbene Mutter besaß ein beträchtliches Vermögen und Sie, meine Gute, sind ihre alleinige Erbin."

„Das muss ein Irrtum sein." Ich schüttelte den Kopf. Wenn Yasmin Geld besessen hätte, warum hatte sie dann so spartanisch gelebt?

Penelope richtete sich mit hochmütiger Miene auf. „Kein Irrtum." Sie reichte mir eine Visitenkarte. „Ich möchte Sie bitten, morgen freundlicherweise in mein Büro zu kommen. Um Punkt zehn Uhr." Mit einem Kopfschütteln drehte sie sich auf ihrem spitzen Sechs-Zentimeter-Absatz um und schob sich durch die Menschenmenge, die sich an der Bar versammelt hatte.

Ich sah ihr nach, wie sie zum Ausgang stakste,

bevor ich einen Blick auf die Karte in meiner Hand warf. Sie war unbeschrieben, doch als ich sie hochhielt, wirbelte eine kleine, schwarze Tintenwolke von links oben nach rechts unten über das dicke Pergament, die sofort wieder verschwand und nur eine Spur von Worten hinterließ:

Penelope Quigwell LLB
Rechtsanwältin
14b Celestial Street
London
W00 000

Ich lehnte mich an die holzgetäfelte Wand und betrachtete die Runde der Anwesenden, die meine Mutter offenbar gekannt hatten und mit ihr befreundet gewesen waren. Ich kannte nur wenige von ihnen. Lange Zeit hatte ich die Welt der Magie und der Hexerei gemieden, doch nun wünschte ich mir nichts sehnlicher, als mehr darüber zu wissen, was das Leben meiner Mutter ausgemacht hatte.

Kapitel 2

Als ich am nächsten Morgen erwachte, fühlte ich mich wie gerädert. Das kam nicht selten vor, da ich in der Regel von sechs Uhr abends bis zwei in der Nacht arbeitete. Morgenstund hatte für mich ganz gewiss kein Gold im Mund, und selten schaffte ich es vor dem Mittag aus den Federn.

Gähnend streckte ich mich in meinem schmalen Einzelbett und schaute auf die Uhr. Schon nach neun. Dann dämmerte es mir, dass ich irgendwo hinmusste. Verdammt! Der Termin mit Penelope Quigwell. Ich hatte verschlafen.

Rasch schälte ich mich aus der Decke und stand auf. Duschen oder nicht duschen, das war jetzt die

Frage. Ich hob einen Arm und schnupperte. Nein, ich musste definitiv duschen. Als ich mir mit der Hand durch meine strubbelige Mähne fuhr, wurde mir klar, dass ich mir wahrscheinlich auch die Haare waschen sollte. Ich stank nach Bier und Rauch. Das bedeutete, ich musste jetzt wirklich Gas geben, und betete, dass keine meiner Mitbewohnerinnen im Bad war. Wie ein Elefant polterte ich die Treppe hinunter zum Badezimmer, wo mir feuchte Luft entgegenschlug. Ich teilte mir das Haus mit drei anderen Frauen, und das Bad war im Grunde ständig besetzt.

Doch heute hatte ich Glück. Zwanzig Minuten später wirbelte ich mit noch nassen Haaren in meinem Schlafzimmer herum und suchte nach etwas zum Anziehen, das schick genug für einen Anwaltstermin war. Einen Kleiderschrank besaß ich nicht, der hätte gar nicht in mein winziges Zimmer gepasst, und der einzige Einbauschrank, den es gab, quoll über vor Büchern und T-Shirts. Da mir die Zeit davonlief, entschied ich mich für einen langen schwarzen Rock, ein schlichtes schwarzes T-Shirt und eine schwarze Strickjacke. Relativ schick.

Im Flur betrachtete ich kurz mein Spiegelbild, verwischte die Überbleibsel des Augen-Make-ups von gestern ein wenig und beschloss, dass mein

Outfit so okay war. Es musste so okay sein, sonst würde ich viel zu spät kommen.

Unglaublicherweise ergatterte ich einen Platz im Zug. Ich hatte es schon immer gemocht, in den klapprigen alten Zügen im Süden Londons unterwegs zu sein. Am liebsten beobachtete ich dabei meine Mitreisenden, heimlich natürlich, während ich so tat, als würde ich die bunten Karten und Anzeigen über ihren Köpfen studieren. Auch heute teilte ich mir den Waggon mit einer ganzen Reihe von Männern und Frauen in adretter Business-Kleidung, mit makellosen Hemden und Blusen, die zweifellos zwischen Terminen und Besprechungen hin und her eilten. Mit Teenagern, die riesige Kopfhörer trugen und zu wummernder Musik vor sich hin nickten. Mit einigen japanischen Touristen, die in ihre Telefone kicherten und Selfies machten. Und mit einer Frau am anderen Ende des Waggons, die eine schwarze Samttasche an ihre Brust drückte, leicht hin und her schaukelte und vor sich hin murmelte – eine vom Glück verlassene Hexe, wie ich unschwer erkennen konnte. Als der Zug in Charing Cross einfuhr, ging ich zielstrebig zu ihr hinüber und drückte ihr einen Zwanzig-Pfund-Schein in die Hand. Es war nicht viel, aber vielleicht würde es ihr helfen.

Als ich weitergehen wollte, gab sie einen leisen Singsang von sich, segnete mich und wünschte mir viel Glück. Ich erwiderte ihre Segenswünsche und verließ den Bahnhof, froh, an diesem Frühlingstag ins Freie zu kommen, auch wenn die Luft in der Londoner Innenstadt nicht gerade frisch, sondern eher versmogt war. Eilig lief ich die Straße entlang zum Buchladen in der Celestial Street.

So zeitig am Morgen war in der Celestial Street noch nichts los. Vielleicht waren magiebegabte Leute allgemein keine Frühaufsteher? Eilig huschte ich die Gasse entlang, bog nach links ab und wäre beinahe auf dem Kopfsteinpflaster ausgerutscht. Wo war Nummer vierzehn? Wie sich herausstellte, trug ein Uhrengeschäft namens Once Upon a Time diese Hausnummer. Ich blieb stehen und starrte bestimmt eine Minute wie gebannt durch das Schaufenster, wo Hunderte Uhren tickten, klickten und surrten und große und kleine Pendel hin und her schwangen. Um Punkt zehn brach in dem Laden eine Kakophonie aus Bimmeln, Klingeln und Läuten los. Dutzende Kuckucke sprangen aus ihren Gehäusen und kreischten mich mit aufgerissenen

Schnäbeln an. Ich unterdrückte ein Kichern. Es würde mich in den Wahnsinn treiben, dort arbeiten zu müssen.

Dann blickte ich mich fieberhaft um, denn zweifellos war es nun höchste Zeit. Verwirrt darüber, wo ich eigentlich hinmusste, wollte ich gerade das Uhrengeschäft betreten, als ich links von mir eine kleine schwarze Tür bemerkte, auf der in matter Bronze die Hausnummer 14b stand.

Eine Klingel oder einen Türklopfer schien es nicht zu geben. Ich drückte auf einen Knopf, der vermutlich zur Gegensprechanlage gehörte, und lauschte. Nichts. Gerade als ich überlegte, ob ich mit der Faust an die Tür pochen sollte, bemerkte ich, dass sie sich aufdrücken ließ. Drinnen stieg ich eine holprige Treppe hinauf und gelangte in den ersten Stock, wo ein mürrischer Kerl am Empfang, der wie eine ältere, noch dünnere und noch griesgrämigere Version von Penelope Quigwell wirkte, meinen Namen in ein Notizbuch schrieb. Mit übertriebenem Getue trug er meine Ankunftszeit ein, bevor er mich einen engen Gang hinunter zum Büro der Anwältin begleitete.

Penelope blickte mich über den Rand ihrer Brille hinweg an, als ich eintrat. Sie saß hinter einem riesigen, kunstvoll geschnitzten und mit grünem Stoff bezogenen Holzschreibtisch und wirkte trotz ihrer geringen Größe ziemlich einschüchternd.

„Ah, Miss Daemonne. Na endlich. Ich war schon besorgt, Sie würden es nicht schaffen." Ich setzte zu einer Entschuldigung an, aber Penelope winkte ab. „Bitte nehmen Sie Platz", forderte sie mich auf.

Meine Schuhe quietschten, als ich über den glänzenden Parkettboden schritt und mich auf den einzigen anderen Stuhl im Raum setzte. Er war hart und unbequem, kein Platz, auf dem man lange sitzen bleiben wollte. Ich schaute mich um. Die Wände waren mit Bücherregalen gesäumt, in denen unzählige dicke Wälzer mit Ledereinband fein säuberlich aufgereiht waren. Juristische Werke. Ich fragte mich, ob Penelope sie alle gelesen hatte.

Die Anwältin holte eine Akte aus einer Schublade unter ihrem Schreibtisch und legte sie bedächtig vor sich hin. Der Einband musste einst cremefarben gewesen sein, hatte sich jedoch zu einem matten Gelb verfärbt. Sie schlug das Schriftstück auf, blätterte die erste Seite um, überflog die nächste und blickte schließlich wieder zu mir auf.

„Das Testament Ihrer Mutter ist kurz und eindeutig. Sie sind ihr einziges Kind, und deshalb vererbt sie Ihnen ihre gesamte Habe sowie ihr Anwesen."

Ich nickte und dachte wieder an den Hühnerstall im Wald. „Aber da gibt es nicht wirklich viel, worüber ich mir Gedanken machen müsste, oder?"

„Also, das würde ich nicht so sagen." Penelope verschränkte die Finger, schürzte die Lippen und musterte mich mit einer gewissen Verachtung. Ich neigte den Kopf zur Seite und wartete darauf, dass sie es mir erklärte.

„Es stimmt, dass Ihre Mutter nicht viel besaß, aber sie war die alleinige Erbin Ihres verstorbenen Vaters. Erinnern Sie sich noch an ihn?"

„Natürlich", antwortete ich ein wenig gereizt. Wie könnte ich mich nicht an ihn erinnern? Mein Vater war ein großartiger und gütiger Zauberer, der vor Energie und Humor sprühte. Er liebte es, alle möglichen verrückten Zaubertricks auszuprobieren und mich damit zum Lachen zu bringen. Bei einem Weihnachtsessen etwa brachte er den Rosenkohl, den meine Mutter gerade servierte, zum Explodieren. Das würde ich nie vergessen. Yasmin hatte das ganz und gar nicht lustig gefunden, aber mein Vater und ich hatten den Rest des Tages immer wieder darüber gekichert. Immer wenn diese Erinnerungen in mir aufstiegen, spürte ich umso mehr, wie sehr ich ihn vermisste. Er verschwand aus meinem Leben, als ich zwölf Jahre alt war. Meine Mutter hatte nur vage Andeutungen gemacht, was passiert war, dass er auf einer Art Mission für seine Bruderschaft gestorben sei. Viel mehr hatte ich darüber nie erfahren.

„Aber ich wusste nicht, dass mein Dad viel zu vererben hatte.“ Mir fiel das kleine Cottage ein, das wir nach seinem Tod noch einige Zeit bewohnt hatten. „Meine Mutter hat unser Haus verkauft, als ich achtzehn war.“

„Erik Daemonne war ein wohlhabender Mann. Er hat sein gesamtes Vermögen Ihrer Mutter vermacht, mit der Auflage, dass sie es Ihnen überschreibt, wenn Sie alt genug sind. Sie hat sich allerdings dafür entschieden, die Einkünfte daraus nie für sich zu beanspruchen. Ich habe über alles Buch geführt und kann Ihnen die gesamten Kontounterlagen der letzten achtzehn Jahre vorlegen, falls Sie diese einsehen möchten.“

„Was denn für Einkünfte? Wovon?“

„Ihr Vater hat Ihnen ein Gasthaus hinterlassen ...“

„Ein Gasthaus? Also, Sie meinen, eine Art Pub?“, fragte ich und konnte mein Erstaunen nicht verbergen.

„Ja, mit zwölf Gästezimmern und einer Wohnung für den Eigentümer."

„Ich weiß nicht, was ich sagen soll ..."

„Das kann ich mir vorstellen."

Ich blinzelte sie fassungslos an. Er hatte mir nicht bloß irgendein Häuschen vermacht, sondern tatsächlich ein Gasthaus – das passte einfach perfekt, denn seit ich volljährig war, arbeitete ich in der Gastronomie. Bier und Wein, gutes Essen und Musik, damit kannte ich mich bestens aus. Kaum zu glauben, dass mein Vater mir ausgerechnet das hinterlassen hatte. Es kam mir fast so vor, als hätte er vorausgesehen, was ich mit meinem Leben anfangen würde. Aber warum hatte ich nichts davon gewusst? Warum hatte meine Mutter mir nie davon erzählt?

„Das Gasthaus wurde vor drei Jahren geschlossen und bis dahin von einem Verwalter geführt. Es war ziemlich heruntergewirtschaftet, nicht rentabel. Das Personal musste natürlich trotzdem bezahlt werden, und es sind inzwischen erhebliche Investitionen erforderlich."

Meine Euphorie war wie weggeblasen. Nüchtern betrachtet hatte man mir also einen abgewrackten Laden hinterlassen. Eine kostspielige Erbschaft, mit der ich nichts anfangen konnte. Vielleicht sollte ich die Hütte besser gleich niederbrennen, genau wie den Hühnerstall meiner Mutter. Enttäuschung machte sich in mir breit. „Ich verstehe."

„Aber die Einnahmen aus den Cottages sollten Ihnen helfen, das Gasthaus instand zu setzen. Sie könnten es natürlich auch verkaufen und nur von den Mieteinnahmen leben."

„Cottages? Mieteinnahmen?"

„Ah. Ich habe mich wohl nicht klar genug ausgedrückt, was?" Penelope Quigwell lächelte mich an, oder vielleicht zog sie auch eine Grimasse, ich war mir nicht sicher. „Ihrem Vater gehörte quasi ein ganzes Dorf. Ähm ..." Sie blätterte in den Akten, die vor ihr auf dem Tisch lagen. „Es heißt Whittlecombe und befindet sich in East Devon. Zu Ihrem Erbe gehören ein Dutzend Reihenhäuschen, ein Postamt, ein Lebensmittelladen, ein Café und das Gasthaus – das Whittle Inn. Oh, und ein paar Wiesen, die daran angrenzen, außerdem ein Wald."

„Ein Wald?" Was sollte ich bloß mit einem Wald machen?

Penelope beugte sich wieder über die Dokumente. „Ja, Shady Wood heißt er. Etwa zehn Hektar." Sie überflog die Unterlagen. „Darüber hinaus gibt es etwa zwei Dutzend Gebäude in der Gegend, die anderen Leuten gehören, also aus denen Sie keine Mieteinnahmen beziehen, aber Sie sollten keine

Probleme haben, mit Ihren Mitteln auszukommen, wenn Sie vernünftig damit umgehen."

Völlig verblüfft zog ich die Augenbrauen hoch. Ein Dutzend Cottages? Ein Postamt? Ein Gasthaus? Ein Wald? Und ein Dorf? *Ein ganzes Dorf*? Was um Himmels willen sollte ich mit einem ganzen Dorf anfangen?

Kapitel 3

Am nächsten Tag machte ich mich mit dem Zug auf den Weg nach Devon. Am Bahnhof von Honiton winkte ich mir ein Taxi heran und lud mein Gepäck in den Kofferraum. Meine Arbeitsstelle im Nachtclub hatte ich gestern Hals über Kopf gekündigt, ebenso den Mietvertrag für das winzige Zimmer in Lewisham. Dann hatte ich mich von London und allem, was mir in dieser Stadt in den letzten Jahren ans Herz gewachsen war, verabschiedet, ohne wirklich traurig darüber zu sein. Heute Morgen war ich mit dem Gefühl aufgewacht, dass mein Leben nun endlich einen tieferen Sinn haben würde, und vor Aufregung kribbelte mein ganzer Körper.

Diese Hochstimmung erhielt leider einen ziemlichen Dämpfer, weil die Reise sich als extrem langwierig entpuppte. Offenbar hatte ich den lahmsten Bummelzug aller Zeiten erwischt. Anfänglich war er zwar im Eiltempo nach Reading gefahren, hatte danach jedoch an jeder einzelnen kleinen Station auf der Strecke angehalten. Ich hatte nicht gewusst, dass es in England so viele Bahnhöfe gibt, schon gar nicht im sehr ländlich geprägten Westen des Landes. Gott sei Dank musste ich nicht noch weiter bis runter nach Cornwall. Devon, so schien es mir, lag schon weit genug von der Zivilisation entfernt.

Aber jetzt war ich endlich da. Und es war noch genauso schön hier, wie ich es von meinen Ferien an der Küste als Kind in Erinnerung hatte. Zwar war mir eigentlich bewusst gewesen, dass mein Vater aus dieser Gegend stammte, aber da wir in Somerset gewohnt hatten, das sich ein Stück weiter landeinwärts Richtung London befand, hatte ich nie wirklich über meine Verbindung zu dieser unglaublich schönen Grafschaft nachgedacht.

Ost-Devon mutete wie ein hügeliger Flickenteppich aus grünen Feldern und Wäldern an, die sich in tausend, nein, hunderttausend Grüntönen bis hin zum Meer erstreckten, wo das Land an den Klippen steil abfiel.

Die Straßen waren nicht gerade gut ausgebaut

und mussten früher zum Teil reine Trampelpfade gewesen sein, die Menschen in grauer Vorzeit benutzt hatten. Heute schlängelten sich dort schmale Fahrwege mal hierhin, mal dorthin, sodass man jederzeit mit abrupten Biegungen und Wendungen rechnen musste. Schilder entdeckte ich nur wenige, und wenn, dann fand ich sie eher verwirrend, weil sie nicht eindeutig in eine bestimmte Richtung wiesen. Glücklicherweise schien der Taxifahrer genau zu wissen, wie er fahren musste.

Um kurz nach halb vier erreichten wir dann endlich Whittlecombe. Der Fahrer hielt vor einem schmucken Gasthaus an, mit roten Ziegeln auf dem Dach und Blumenampeln auf der Veranda. Verwirrt starrte ich auf das frisch gestrichene Schild über dem Eingang auf dem „The Hay Barn" zu lesen war. Ich kurbelte das Fenster herunter, um besser sehen zu können.

Auf der anderen Straßenseite standen einige Einheimische vor der Post und dem kleinen Supermarkt und unterhielten sich. Ein Stück weiter konnte ich ein Café mit einer aufgestellten Kreidetafel davor erkennen, und am Ende der Straße entdeckte ich eine Reihe von reetgedeckten Häusern, jedes in einem anderen Pastellton gestrichen und eines hübscher als das andere.

Ich beugte mich nach vorne, um mit dem Taxifahrer zu sprechen. „Ich glaube nicht, dass wir hier richtig sind."

„Oh, das tut mir leid", antwortete er freundlich. „Ich dachte, Sie wollten zum Gasthaus in Whittlecombe?"

„Zum Whittle Inn", erwiderte ich und blickte erneut auf das nette Lokal zu meiner Rechten, was mich irgendwie ernüchterte und ein flaues Gefühl in meinem Bauch hinterließ.

„Ah, okay." Er nickte und ließ den Motor wieder an. Langsam fuhren wir weiter, und ich bemerkte aus dem Augenwinkel, dass die Leute, die vor dem Postamt standen, uns neugierig beobachteten und uns hinterherschauten.

Wir fuhren an den Cottages vorbei, die in der Nachmittagssonne herrlich verträumt aussahen. Aus der Nähe konnte ich erkennen, dass die Außenwände und vielleicht auch die Türen und Fenster einen neuen Anstrich vertragen könnten. Erleichtert stellte ich fest, dass die Reetdächer noch in Schuss zu sein schienen. Mich schauderte bei dem Gedanken, wie viel es kosten würde, zwölf Dächer neu eindecken zu lassen.

Wir ließen die Häuserreihe hinter uns und folgten einer Straße, die bergauf führte und immer schmaler wurde. Auf der einen Seite befanden sich Felder, auf der anderen ein Wald. Nach einer scharfen Rechtskurve ging es in zügigem Tempo tiefer in den Wald hinein, durch einen unglaublich engen, schattigen Tunnel aus Bäumen. Immer wieder flackerte helles Sonnenlicht auf und ließ mich blinzeln. Es gab große Schlaglöcher, und aus Asphaltspalten in der Mitte der Fahrbahn wuchsen dicke Grasbüschel. Zweifellos war es eine wenig befahrene Straße, die nach kurzer Zeit in eine Lichtung mündete. Und da erblickte ich zum ersten Mal das Whittle Inn.

Kaum dass das Taxi zum Stehen gekommen war, öffnete ich die Tür und sprang hinaus, noch bevor der Fahrer die Handbremse angezogen hatte. Ich blieb neben dem Wagen stehen und bestaunte das Anwesen. Es musste einst wunderschön gewesen sein. Wann war es wohl erbaut worden? Vielleicht im fünfzehnten oder sechzehnten Jahrhundert? Vielleicht sogar noch früher. Auf jeden Fall hatte man es im Laufe der Jahre erweitert. Sämtliche Epochen englischer Baukunst schienen in irgendeiner Form vertreten zu sein. Eine elisabethanische Fassade hier, ein georgianischer oder viktorianischer Anbau da. Der ehemalige Stalltrakt war wohl irgendwann im letzten Jahrhundert umgebaut worden, um weitere Unterkünfte für Gäste zu schaffen.

Das Erdgeschoss und die erste Etage wirkten mit ihrem schwarz-weißen Fachwerk typisch elisabethanisch und außerdem gefährlich schief. Die Stockwerke darüber erinnerten mich an ein Schloss aus einem Disney-Märchen, mit Türmchen und Rundbogenfenstern. Das gesamte Gebäude war unten offenbar zu einer Seite abgesackt, aber die oberen Geschosse zogen es in die andere Richtung. Das Whittle Inn war ganz schön schräg ... und ich liebte es auf den ersten Blick.

Oh, natürlich müsste es renoviert werden. Die Farbe blätterte von den Wänden und vom Holz ab, und ein Teil des Putzes war abgefallen, doch das war nichts, was sich nicht in Ordnung bringen ließe. Von hier unten aus konnte ich das Dach leider nicht näher inspizieren, aber Penelope Quigwell hatte für morgen früh einen Gutachter bestellt, der sich alles ansehen sollte, sodass ich schon bald wissen würde, welche Instandsetzungen nötig waren und wie viel sie kosten würden.

Ich wurde aus meinen Gedanken gerissen, als hinter mir Reifen über den Schotter rumpelten und kleine Steine aufwirbelten. Wer konnte das sein? Ach ja, richtig. Penelope hatte außerdem den örtlichen

Verwalter hierher beordert, um mir die Schlüssel für mein neues Heim zu übergeben und mich herumzuführen. Er parkte seinen silbernen Audi neben dem Taxi und stieg aus.

„Alfhild Daemonne?", fragte er.

„Ja", antwortete ich und versuchte, nicht zu überschwänglich zu erscheinen.

„Ich bin Jason Joplin von der Immobilienverwaltung Hawke, Joplin und Harrow. Ich hoffe, Sie hatten eine angenehme Reise und haben ohne Probleme nach Whittlecombe gefunden?"

„Ohne meinen tollen Fahrer hier wäre ich wahrscheinlich verloren gewesen", antwortete ich und schüttelte Jasons Hand. „Ich hole nur schnell mein Gepäck aus dem Auto ..."

„Okay", antwortete er knapp und lehnte sich an seinen Audi, während ich in meiner Handtasche nach meinem Portemonnaie kramte. Der Taxifahrer wuchtete mein Gepäck aus dem Kofferraum und brachte es zur Haustür, wo ich ihm das Geld für die Fahrt samt ordentlichem Trinkgeld überreichte. Das konnte ich mir jetzt leisten. Schließlich war ich nun eine Großgrundbesitzerin.

Zufrieden tippte er sich an seine imaginäre Mütze. „Ich hoffe, Sie werden sich hier wohlfühlen", sagte er. „Obwohl ich glaube, dass es vielleicht besser wäre, wenn Sie vorerst im Hay Loft übernachten würden."

Ich wusste genau, was er meinte. Das Whittle Inn war ein dunkler Ort, seit Jahren hatte hier niemand mehr gewohnt. Und wer wusste schon, welche Schrecken mich drinnen erwarteten. Aber das war mir egal.

Als der Taxifahrer davonfuhr, winkte ich ihm fröhlich hinterher und wandte mich wieder Jason zu. Der hielt mir mit einem aufgesetzten Grinsen einen riesigen Schlüsselbund hin, dessen verrosteter Ring die Größe eines Armreifs hatte. Es mussten mehr als zwanzig Schlüssel sein, die daran baumelten.

„Wow!", entfuhr es mir verblüfft.

„Jep", erwiderte Jason, der sich offensichtlich über meine überraschte Reaktion amüsierte. „Und das sind nur die vom Gasthaus. Bei mir im Büro habe ich noch eine Schachtel mit Schlüsseln von all den Häusern und Ladenlokalen, deren Eigentümerin Sie jetzt sind."

Ich schüttelte den Kopf. „Wozu brauche ich die Schlüssel dafür? Die gehören doch den Mietern."

„Sie gehören Ihnen", erklärte Jason geduldig. „Sie sind jetzt die Vermieterin. Natürlich ist es gesetzlich so geregelt, dass man sich nicht einfach Zugang zu seinen Immobilien verschaffen darf, solange sie vermietet sind, schließlich haben die Mieter Rechte. Aber letzten Endes weiß man nie, ob man irgendwann vielleicht doch mal hineinmuss, etwa wenn die Miete nicht bezahlt wird."

„Ist das denn jemals passiert?" fragte ich. Penelope hatte mir erzählt, dass Hawke, Joplin und Harrow seit mehreren Jahrzehnten als Verwalter für den Nachlass meines Vaters tätig waren, die Mietzahlungen überwachten, sich um Verträge kümmerten und solche Sachen.

„Meines Wissens nicht", antwortete Jason. „Die Einwohner hier lieben Whittlecombe. Niemand würde das Risiko eingehen wollen, das Dorf verlassen zu müssen."

Das war eine Erleichterung.

„Sollen wir reingehen?" fragte Jason, und ich nickte aufgeregt.

Das Innere des Gasthauses war so, wie ich es erwartet hatte: düster, kalt und verlassen. Die Einrichtung stammte schätzungsweise aus den 1980er-Jahren und nicht aus dem einundzwanzigsten Jahrhundert, jedoch schien die Bausubstanz an sich in Ordnung zu sein. Direkt hinter dem Eingang befand sich der

Schankraum, und ich verharrte einen Moment, um mein neues Reich zu betrachten.

Auf der rechten Seite führte eine Tür in ein Treppenhaus nach oben. Gegenüber befand sich eine mit beigem Gipskarton verkleidete Wand, an der einige uralte Poster hingen. Zu meiner Linken lag das Herzstück des Hauses, der Barbereich.

Ich bewunderte die kunstvoll aus Eichenholz getischlerte Theke, der die Zeit und unzählige Politurschichten eine dunkle Farbe verliehen hatten. Das Regal an der vergilbten Wand dahinter, in dem diverse Spirituosen gestanden haben mussten, war mit klebrigen Flecken übersät. Der schwere Teppich am Boden wirkte verdreckt, und als ich darüber ging, wirbelte dicker Staub hoch, der fröhlich in den Sonnenstrahlen tanzte, die durch die schmutzigen Fenster schienen. Igitt!

In einer Ecke stapelten sich diverse Tische und Stühle, die so durcheinandergewürfelt aussahen, als wären sie Brennholz für ein Lagerfeuer. Ich nahm sie genauer in Augenschein und stellte fest, dass sie durchaus noch stabil waren, auch wenn keiner so recht zum anderen passte.

Rechts von der Bar befand sich eine Tür, die auf einen Korridor führte. Dort gab es rechts und links jeweils eine geteilte Tür wie bei einem Pferdestall, sogar mit Namenschildern: „The Snug“ und „The Hug“ hießen die beiden Nebenzimmer, die dahinter lagen. Beide verfügten über einen Kamin, u-förmig angeordnete Bänke und einen großen Tisch – perfekt als Separees für kleine Gesellschaften oder als Besprechungsräume. Die könnte ich im Handumdrehen richtig gemütlich herrichten.

Gegenüber führte eine Treppe nach oben in die privaten Räume, wo ich wohnen würde, und daneben lag die Tür zur Küche – eine große, altmodische Küche mit einem gusseisernen Herd und mehreren Öfen, Kisten mit Geschirr und abgenutzten Metallpfannen sowie einem Zugang zu mehreren großen Lagerräumen und nach draußen.

Ich öffnete einige der Küchenschränke, in denen sich Unmengen von Geschirr türmten. Ein Großteil davon wirkte beinahe antik, und auch hier stellte ich fest, dass kaum ein Teil zum anderen passte.

Je mehr ich mich umschaute, desto mehr verliebte ich mich in diesen Ort. Das Gasthaus und seine Einrichtung waren, genau wie ihre neue Besitzerin, ein bisschen verrückt und verquer. Ich war eine schräge Hexe in einem schrägen Gasthaus, und ich hatte mich noch nie so wohl gefühlt.

Im Obergeschoss fand ich ein ähnliches Bild vor. Urige Betten mit Messingrahmen und durchgelegenen Matratzen, die nach Feuchtigkeit müffelten. Wände, die dringend einen neuen Anstrich brauchten. Zerrissene Teppiche, die entsorgt werden mussten, und Badezimmer mit den ältesten Sanitäranlagen, die man sich vorstellen kann. Eine Toilette wie hier, bei der sich der Spülkasten oberhalb des Kopfes befindet, hatte ich vorher nur im Museum gesehen.

Die Privatwohnung war klein, aber gemütlich. Es gab ein Wohnzimmer, eine kleine Küche, ein Bad und ein etwas größeres Schlafzimmer sowie ein Büro mit Blick auf den Wald hinter dem Gasthaus, Shady Wood vermutlich. Ich konnte mir genau vorstellen, wie ich entspannt an dem schweren, alten Schreibtisch saß, nach draußen auf die Bäume blickte und den Vögeln und Eichhörnchen bei ihrem munteren Treiben zuschaute.

Lächelnd ging ich auf die alten Bleiglasfenster mit dem markanten Rautenmuster zu, um das Gelände hinter dem Gasthaus in Augenschein zu nehmen. Ein Garten, in den wahrscheinlich die Abendsonne fiel. Ich könnte dort Tische und Bänke aufstellen und einen Biergarten mit vielen hübschen Lichterketten, Laternen und Windspielen daraus machen. Vielleicht würde ich sogar einen Teich und verschiedene Wasserspiele anlegen, sodass es richtig verwunschen aussähe, wie ein Feenparadies.

„Sie können sich also vorstellen, hier zu leben?“, fragte Jason, und ich spürte, dass er mich beobachtete und ihm meine Begeisterung nicht entgangen war.

„O ja. Es muss zwar vieles instand gesetzt werden, aber ich kann es kaum erwarten, damit anzufangen.“

„Das dürfte einige Zeit in Anspruch nehmen, schätze ich.“

„Macht nichts, Zeit habe ich genug“, antwortete ich fröhlich. „Und ich kann es kaum erwarten, mit der Arbeit zu beginnen.“

„Großartig. Dann sollten die ersten Gäste ja nicht lange auf sich warten lassen.“

Er schaute zur Decke hinauf und machte sich einige Notizen auf seinem Tablet, wahrscheinlich zu den Wasserflecken dort. Später musste ich mir unbedingt den Dachboden ansehen, um herauszufinden, wie es dort aussah. Das würde ich mit dem Gutachter machen, beschloss ich.

Ich wandte mich den Fenstern zu und versuchte, eines zu öffnen. Die Verriegelung klemmte, sodass ich kräftig dagegen drücken musste. Schließlich gab es knarzend nach, und ich klappte es weit auf und lehnte mich ein Stück hinaus. Erneut ließ ich den Blick über das Gelände auf der Rückseite des Hauses schweifen.

Auf der rechten Seite lag das alte Stallgebäude, das vor nicht allzu langer Zeit umgebaut worden war, um weitere Gästezimmer zu erschaffen. Auch diese würde ich mir später näher ansehen. Das Gebäude wirkte ziemlich heruntergekommen. Direkt unter dem Fenster befand sich eine betonierte Fläche, vermutlich führte die Hintertür auf diesen Hof hinaus. Der müsste definitiv gründlich aufgehübscht werden.

In der Mitte des Innenhofs war ein Haufen Müll zurückgelassen worden, der wie ein Bündel Lumpen aussah. Moment mal. Da glitzerte etwas im Sonnenlicht, und schlagartig verspürte ich ein Ziehen in der Magengegend. Was auch immer es war, es hatte etwas Merkwürdiges an sich, etwas, das meinen sechsten Sinn wach werden und mich aufhorchen ließ. „Was ist das da unten?“, fragte ich Jason, der hinter mir auftauchte und nach draußen spähte. Ich trat zur Seite, damit er einen besseren Blick darauf werfen konnte.

„Ein Haufen Müll, oder?“, sagte er, aber ich konnte den Zweifel in seiner Stimme hören.

Ich schüttelte den Kopf, denn plötzlich wusste ich, dass es nicht so war. „Ich muss mir das genauer ansehen“, entgegnete ich und eilte die Treppe hinunter. Die Hintertür war schwer und mit mehreren Schlössern und Riegeln abgesichert. Endlich hatte Jason mich erreicht und suchte in dem Durcheinander an Schlüsseln nach dem richtigen, fand ihn aber nicht.

„Nun schließen Sie schon auf, bitte“, drängte ich.

„Er muss hier irgendwo sein“, erwiderte er und schnaufte frustriert. Als er alle Schlüssel, die an dem dicken Ring hingen, ausprobiert hatte, fing er wieder von vorne an. Und dann noch einmal. Es dauerte eine Ewigkeit. Beim dritten Durchgang, gerade als ich die Hoffnung aufgeben wollte, ließ sich der allererste Schlüssel auf einmal problemlos umdrehen und es klackte im Schloss.

Jason zog die Riegel oben und unten zurück, während ich ungeduldig neben ihm von einem Fuß auf den anderen trat. Schließlich ging die Tür auf, und er trat zurück, um mich durchzulassen. Ich stürmte hinaus in die späte Nachmittagssonne und stand nach nur wenigen Schritten neben dem Lumpenhaufen.

Zaghaft bückte ich mich und zerrte an einem

Stück schwarzen Stoff, bekam es jedoch nicht herausgezogen, weil es an etwas Schwerem hing. Als ich fester daran zerrte, entrollte sich das Bündel und eine knorrige Hand, bleich wie die Unterseite eines Hais, rutschte auf den Betonboden neben meinem Fuß. An einem der milchig-grauen Finger blitzte ein Rubinring mit Goldeinfassung im Sonnenschein auf.

Erschrocken sprang ich zurück und stieß mit dem Verwalter zusammen, der mir gefolgt und wie angewurzelt hinter mir stehengeblieben war.

„Jason?" raunte ich. „Ich glaube, mein erster Gast ist schon da."

Kapitel 4

Die folgende Nacht kam ich kaum zur Ruhe. Es hatte lange gedauert, bis die Einsatzkräfte die Untersuchung der Leiche abgeschlossen und sie abtransportiert hatten. Die Polizei hatte Jason und mich befragt, und dabei war mir klar geworden, dass es keine so gute Idee war, allein in meinem Gasthaus zu übernachten. Jason fuhr mich freundlicherweise zurück ins Dorf, und ich checkte um kurz vor elf im Hay Barn ein und warf mich in dem Hotelzimmer aufs Bett, wo mich eine Welle der Einsamkeit und Mutlosigkeit erfasste.

Der Fund der Leiche hinter meinem neuen Haus hatte mich zutiefst erschüttert. Nach ihrer Entdeckung hatte ich mich von ihr ferngehalten, um die Totenruhe nicht noch mehr zu stören. Es war offensichtlich, dass kein Mensch mit einer solchen Hautfarbe noch am Leben sein konnte. Immer wieder spielte sich vor meinem inneren Auge die Szene ab, in der die Hand vor meinen Füßen aufgetaucht war. Gerne hätte ich mich jetzt mit etwas Alkoholischen ein wenig betäubt und bedauerte die Tatsache, dass es keine Minibar auf meinem Zimmer gab, ebenso wenig wie eine Bar oder zumindest einen Getränkeautomaten im Erdgeschoss. Stattdessen machte ich mir einen Tee, den ich aus der winzigsten Tasse, die ich je gesehen hatte, trinken musste, und genauso mini war das Döschen H-Milch, das es dazu gab. Dann nahm ich eine Dusche und hoffte, mich nun soweit beruhigt zu haben, dass ich schlafen konnte.

Das klappte leider überhaupt nicht, zumindest für den größten Teil der Nacht. Ich lag auf dem bequemen Bett in dem makellosen Zimmer, starrte Löcher in die Luft und fing an, das Whittle Inn mit dem Hay Barn zu vergleichen, was sich als ziemlich kontraproduktiv erwies. Wie ich feststellen musste, hatte dieses Gasthaus hier alles zu bieten, was ich mir für das Whittle Inn vorgestellt hatte. Die Einrichtung war rustikal, schlicht und komfortabel, das

Dekor zeitgemäß. Auf dem Speiseplan standen vor allem klassische Gerichte wie Lammhaxe, Steak mit Pommes oder verschiedene Sandwiches. Kurzum, wer diese Gegend besuchte, fand im Hay Barn eine Unterkunft, wie man sie sich nur wünschen konnte.

Darüber machte ich mir Sorgen, und ich fragte mich, ob es zwangsläufig bedeutete, dass es in diesem Dorf nicht genug Platz für ein weiteres Gasthaus gab. Wahrscheinlich wäre es keine gute Idee, etwas ganz Ähnliches anzubieten, oder? Und was bedeutete das für meine Pläne? Wie könnte ich mich mit dem Whittle Inn abheben, es anders aufziehen?

Ich wälzte mich hin und her, und mit der Morgendämmerung erhob sich draußen lautstarkes Vogelgezwitscher. Aus irgendeinem Grund versetzte mich dieses rege Stimmengewirr schließlich doch noch in einen tiefen Schlaf.

Als ich um kurz nach neun aufwachte, fühlte ich mich ziemlich groggy. Mein Kopf dröhnte, und ich hätte mich am liebsten wieder umgedreht und weitergeschlafen, was ich zu Hause in London sicherlich auch getan hätte, aber dieser Gedanke brachte mich zur Besinnung. Ich hatte kein Zuhause mehr in London. Ich hatte ein neues Leben hier in Whittlecombe, und ich musste das Zimmer im Hay

Barn bis elf Uhr räumen. Unten wartete sicher schon das Frühstück auf mich, und um zwölf Uhr musste ich im Whittle Inn sein, weil dann die Polizei erneut vorbeikommen wollte.

Im Speisesaal wurde mir zügig das Frühstück serviert. Nicht ohne Genugtuung stellte ich fest, dass der Tisch Fettflecken aufwies und Salzkörner unter der laminierten Oberfläche klebten. The Hay Barn war bei genauerem Hinsehen gar nicht so perfekt, wie es mir zunächst vorgekommen war, und konnte anscheinend dringend eine gründliche Reinigung vertragen.

Um zu sehen, was die Küche so zu bieten hat, entschied ich mich für ein englisches Frühstück mit allem Drum und Dran – einschließlich Würstchen, Kartoffelrösti und Pilzen. Es sah zwar nicht schlecht aus, schmeckte aber fade, der Speck war zu dünn geschnitten, und die Teller waren Billigware aus einem bekannten schwedischen Möbelhaus. Ich aß trotzdem alles auf und wischte den Teller zum Schluss mit einer Scheibe Toast blank. Eigentlich sollte ich auf mein Gewicht achten, aber ich hatte das Gefühl, heute einen Schub Extra-Kalorien und ein wenig Trost gut gebrauchen zu können.

Gerade als ich mir die Finger an der Papierserviette abwischte, kam eine junge Kellnerin mit einer Teekanne in der einen und einer Kaffeekanne in der anderen Hand an meinen Tisch. Sie war um die zwanzig, ziemlich klein und hatte knallrot gefärbtes Haar, außerdem ein Piercing in einer Augenbraue und in der Nase. „Möchten Sie noch Kaffee oder Tee?“, fragte sie, und ich entschied mich für Kaffee, der mich hoffentlich etwas in Schwung bringen würde.

„Danke, gerne noch einen Kaffee“, sagte ich und überlegte, ob ich sie um eine weitere Scheibe Toast bitten sollte.

„Sehr gern. Haben Sie heute schon etwas vor?“, erkundigte sie sich fröhlich und lächelte mich an. Sie schien aufrichtig interessiert zu sein. Ich warf einen Blick auf ihr Namensschild. Charity.

„Ja, kann man so sagen“, antwortete ich. „Ich bin die neue Besitzerin des Whittle Inn. Und da gibt es eine Menge zu tun.“

„Wirklich?“, rief Charity aufgeregt. „Dann wissen Sie sicher alles über den Mord! Das ganze Dorf ist deswegen heute Morgen in heller Aufregung.“

„Mord?“, erwiderte ich und fragte mich, ob die Polizei das bereits bestätigt hatte. Aber man musste wohl kein Hauptkommissar sein, um die Theorie aufzustellen, dass es sich wahrscheinlich um einen Mord handelte. Die Vermutung lag nahe, dass die Leiche anderswo getötet, in Stoff eingewickelt und dort abgelegt worden war. Ich war mir nicht sicher, ob es noch andere denkbare Erklärungen gab, aber wenn selbst die Polizei davon überzeugt war, musste es wohl stimmen.

„Ja, zumindest behaupten sie das."

Ich runzelte die Stirn und fragte mich, wer „sie" waren.

Charity bemerkte meine besorgte Miene und verzog das Gesicht. „Tut mir leid. Das war sicher kein guter Auftakt für Sie. Werden Sie eine Weile bei uns im Haus wohnen? Oder wann wollen Sie in das alte Gasthaus einziehen?"

„Mit etwas Glück schon heute", antwortete ich. „Sobald die Polizei die Sperrung aufhebt und das Wasser wieder angestellt wird. Da fällt mir ein, ich muss ein paar Anrufe erledigen." Ich kramte in der Tasche nach meinem Handy.

Charity lächelte. „Okay, dann lass ich Sie mal wieder in Ruhe. Sagen Sie mir gerne Bescheid, wenn Sie noch etwas brauchen. Ich schätze, Sie sind dann auch meine neue Vermieterin. Ich wohne im Snow Cottage", fügte sie hinzu, als ob mir das etwas sagen würde. Vermutlich war das der Name eines der Häuschen, die ich geerbt hatte.

„Danke, Charity. Das ist wirklich sehr nett von Ihnen.“ Ich wartete, bis sie weg war, und begann, mir die entsprechenden Nummern herauszusuchen.

Als sich kurze Zeit später, während ich noch mit meinem Handy beschäftigt war, erneut jemand meinem Tisch näherte, nahm ich für einen Augenblick an, Charity wolle mir noch etwas sagen, aber diesmal war es ein älterer Herr mit ordentlich geschnittenem, weißem Haar, der eine teure Tweedjacke und eine ausgebeulte Cordhose trug. Ich konnte mich nicht erinnern, ihn je gesehen zu haben.

„Habe ich das eben richtig mitbekommen, dass Sie die neue Besitzerin des Whittle Inn sind?“, fragte er mit leicht überheblichem Unterton. Sein Akzent deutete darauf hin, dass er eine Schule in Oxford oder Cambridge besucht hatte und daher wohl eher aus gut situierten Verhältnissen stammte. Er machte mich gleich irgendwie nervös.

„Ja“, gab ich schlicht zurück und verkniff mir hinzuzufügen: „Da haben Sie unser Gespräch eben richtig belauscht.“ Mehr sagte ich nicht, denn ich sah nicht ein, ihm irgendetwas zu erklären. Er wartete einen Moment darauf, dass ich fortfuhr, und als ich es nicht tat, gab er ein verächtliches Schniefen von sich, wie ich es noch nie gehört hatte.

„Das alte Gasthaus ist ziemlich verfallen, oder?"

„Ich glaube, die Bausubstanz ist noch völlig in Ordnung", antwortete ich betont freundlich. „Nichts, was man nicht in Ordnung bringen könnte, da bin ich mir sicher."

„Haben Sie nicht daran gedacht, es abreißen zu lassen?"

„Nein." Was für ein unverschämter Typ.

„Ich meine", fuhr er fort, als hätte ich ihm nicht schon geantwortet, „ist Ihnen nicht aufgefallen, wie schief das Gebäude ist?"

„Ich glaube, es sah schon immer so aus", entgegnete ich lächelnd. „Wie der schiefe Turm von Pisa, eine Art historisches Denkmal."

Er brummte. „Sie sollten mit meinem Anwalt sprechen. Ich zahle Ihnen einen guten Preis für das Gasthaus und das umliegende Grundstück."

„Sollte ich?", fragte ich höflich, aber in mir begann es zu brodeln. „Und mit wem habe ich das Vergnügen?"

„Gladstone Talbot-Lloyd." Er streckte den Arm aus, und zuerst dachte ich, er wolle meine Hand schütteln, also streckte ich sie ihm automatisch entgegen, doch dann sah ich, dass er mir eigentlich eine Visitenkarte überreichen wollte. „Hier haben Sie die Kontaktdaten meines Anwalts. Er wird sich um alles kümmern."

Verblüfft griff ich nach der Karte und sah zu ihm auf. „Ich kann Ihnen versichern, Mr. Talbot-Lloyd, dass das Gasthaus nicht zum Verkauf steht. Ich habe die feste Absicht, es neu zu eröffnen und damit Geld zu verdienen."

„Das ist töricht", spottete er. „Sie hätten in London bleiben sollen. In der Stadt mag es für eine junge Frau wie Sie möglich sein, ein Geschäft zu gründen und damit etwas zu erwirtschaften – zumindest in kleinem Rahmen. Aber hier in Devon halten wir nichts von übereifrigen Jungunternehmerinnen und dergleichen."

„Ich bin keine übereifrige Jungunternehmerin", zischte ich. „Ich habe jahrelange Erfahrung im Gastgewerbe. Und ich werde hart für den Erfolg meines Geschäfts arbeiten."

„Das wird nicht ausreichen, lassen Sie sich das gesagt sein", erwiderte Talbot-Lloyd höhnisch. Als ob ich irgendwas von den Dingen, die er gesagt hatte, glauben würde – seine Meinung interessierte mich wirklich null. „Sie brauchen einen Namen, einen guten Ruf. Und eine Familie, die hinter Ihnen steht. Soweit ich weiß, haben Sie niemanden hier, richtig?"

Seine Worte ärgerten mich, und dennoch ließen sie mich innerlich zusammenzucken. Vielleicht hatte er recht, und ich würde das, was ich mir vorgenommen hatte, nicht erreichen können. Er hatte gesagt, ich bräuchte eine Familie, die mich unterstützt. Aber auf wen konnte ich noch zählen? Ich hatte niemanden mehr. Sie waren alle tot.

Doch dann rief ich sie mir alle ins Gedächtnis – meinen Vater und seine Familie, all die Generationen meiner Ahnen, die vor mir im Whittle Inn gelebt hatten –, und das nahm mir die Angst. Nun sah ich die Dinge wieder klarer, und meine Wut verflog. Dieser Mann hatte offensichtlich keinen blassen Schimmer, mit wem er es zu tun hatte.

„Glauben Sie an Geister, Mr. Talbot-Lloyd?", fragte ich unschuldig.

„Wie bitte?", blaffte er mich gereizt an. „Was reden Sie da? Natürlich glaube ich nicht an Geister."

„Nun, vielleicht sollten Sie das besser." Ich stand auf, drückte den Rücken durch, und sah ihm direkt in die Augen. Die Familie meines Vaters hatte seit vielen Generationen im Whittle Inn gelebt, und wandelte sicher seit Jahrhunderten durch dessen Gänge. Meine Vorfahren würden mir dort gute Gesellschaft leisten. „Meine Familie steht voll und ganz hinter mir, zumindest im Geiste."

Ich verließ den Raum. An der Tür des Speisesaals drehte ich mich noch einmal um und zischte ihm zu: „Das Gasthaus ist nicht zu verkaufen, Mr. Talbot-Lloyd. Ich wünsche Ihnen einen schönen Tag.“

Kapitel 5

Als ich mich eine halbe Stunde später auf den Weg in Richtung Whittle Inn machte, musste ich unweigerlich daran denken, warum London auf mich als Siebzehnjährige eine solche Anziehungskraft ausgeübt hatte, im Gegensatz zu meiner ländlichen Heimat in Somerset. Das nächste Taxiunternehmen, das in der Umgebung von Whittlecombe verkehrte, war meilenweit entfernt, Busverbindungen existierten praktisch nicht, und so war ich schließlich zu der Erkenntnis gelangt, dass ich den Weg zum Gasthaus am schnellsten zu Fuß zurücklegen würde.

Zügig marschierte ich los und war froh, dass ich am Abend zuvor nicht viel Gepäck mitgenommen hatte. Alle meine Taschen hatte ich auf Drängen der

Polizei zurückgelassen, die wollte, dass ich den Tatort schnellstmöglich verlasse.

Eigentlich war es ein perfekter Tag für einen Spaziergang, mit blauem Himmel und Sonnenschein. Ich betrachtete den Laden und das Postamt auf der anderen Straßenseite und beschloss, dort rasch ein paar Dinge zu besorgen. Mit etwas Glück würden Strom und Wasser im Whittle Inn noch vor Ende des Tages wieder angestellt sein, und ich stellte mir vor, wie schön es doch wäre, in meiner eigenen Küche zu stehen und mir Tee und ein leckeres Sandwich zu machen.

Die Tür stand einen Spalt offen, also ging ich schnurstracks hinein. Hier in Whittlecombe war die Zeit offensichtlich stehen geblieben. Der altmodische Tresen und die Regale dahinter erinnerten mich an Bilder von Tante-Emma-Läden in Geschichtsbüchern. An einer Wand standen bunte Gläser mit Süßigkeiten, an einer anderen Dosen und Kisten mit Lebensmitteln und weiter hinten Waschpulver, Spülmittel und andere Haushaltsartikel. Hier würde ich wahrscheinlich alles Lebensnotwendige bekommen, aber wenn ich Zitronengras und Sojasoße haben wollte, musste ich wohl online bestellen oder in einen größeren Supermarkt in der nächsten Stadt fahren.

Mein Blick blieb an den Zeitungen hängen. Das Lokalblatt hatte die Geschichte vom „Mord im Gasthaus“ aufgegriffen, und das Whittle Inn prangte auf der Titelseite. Ich erschauderte, denn solche Schlagzeilen hatte ich mir gewiss nicht gewünscht.

„Guten Morgen, die Dame“, ertönte eine heitere Stimme. Ich drehte mich um und sah eine mollige Frau mit einer cremefarbenen Schürze hinter dem Tresen stehen, die mich freundlich anlächelte. „Kann ich Ihnen behilflich sein?“, fragte sie.

„Hallo, guten Morgen. Ja, das wäre nett“, erwiderte ich, und sie strahlte mich noch mehr an. „Ich brauche ein paar Dinge ... ähm ... Tee, Milch, Butter, Zucker, Käse, Brot.“

„Das klingt nach einem perfekten Picknick“, sagte die Frau. „Sind Sie hier in Urlaub? Oder wohnen Sie irgendwo in der Nähe?“

Ich wollte ehrlich zu ihr sein, denn früher oder später würde sie ohnehin erfahren, wer ich war, da ihr gepachtetes Ladenlokal jetzt mir gehörte. Ich hoffte, dass sie nichts gegen mich haben würde. Das Verhältnis zu den Vermietern, die ich bisher gehabt hatte, war nie sonderlich gut gewesen. Allerdings waren das auch immer ziemliche Halsabschneider gewesen.

„Mein Name ist Alfhild Daemonne. Ich bin die

neue Besitzerin des Whittle Inn. Früher gehörte es meinem Vater, und ich habe jetzt alles von ihm geerbt." Ich errötete leicht und senkte den Kopf, um meine Verlegenheit zu verbergen.

Sie musterte mich einen Moment lang mit ernster Miene von oben bis unten. Dann schüttelte sie ungläubig den Kopf und lächelte wieder breit. „Na, das ist ja eine Überraschung!" Schwungvoll kam sie hinter dem Tresen hervor. „Es freut mich, Sie kennenzulernen. Ich bin Rhona Marsh und führe das Geschäft hier zusammen mit meinem Mann Stanley. Wir wussten, dass es einen neuen Eigentümer gibt, hatten jedoch nicht damit gerechnet, ihn jemals kennenzulernen."

„Warum das denn?", fragte ich, während sie nicht aufhörte, meine Hand zu schütteln.

„Ach, wissen Sie ... es gibt in dieser Gegend inzwischen viele unsichtbare Vermieter. Sie kaufen Immobilien als Kapitalanlagen, und für die Vermietung, Instandhaltung et cetera beauftragen sie eine Hausverwaltung. Ziemlich unpersönlich, wie ich finde." Sie sah mich erneut prüfend an. „Ich hoffe, ich war jetzt nicht unhöflich, Miss Daemonne."

„Oh, nennen Sie mich bitte Alf."

„Alf? Das klingt viel zu männlich für so eine schöne Frau!"

Ich lachte. Rhona wurde mir von Minute zu Minute sympathischer. Ihre offenherzige, ehrliche Art und ihre kleinen Schmeicheleien fand ich sehr erfrischend. Sie begann, die Dinge zusammenzutragen, um die ich gebeten hatte.

„Was haben Sie denn nun vor?“, fragte sie neugierig. „Wollen Sie hierbleiben?“

Ich nickte und schaute durch das Fenster auf das Hay Barn gegenüber. „Ja. Ich hatte vor, das Gasthaus komplett zu renovieren und neu zu eröffnen, aber jetzt bin ich mir nicht mehr so sicher, ob das eine gute Idee ist.“

Sie folgte meinem Blick. „Zu viel Konkurrenz, meinen Sie?“

„Ja.“

„Hm.“ Nachdenklich spitzte sie den Mund und kramte in den Regalen. „Es kommt darauf an, wie man sich am Markt positioniert, oder? Man muss wissen, was man verkaufen will und an wen. Wenn man das für sich klar hat, ist man auf der sicheren Seite.“

„Weise Worte“, sagte ich, jedoch hatte ich keine Idee, welche andere als die übliche Kundschaft eines Gasthauses man in einem so kleinen Dorf anlocken könnte. Wieder fiel mein Blick auf die Schlagzeile der Zeitung. „Ich sollte wohl besser los. Die Polizei wird schon auf mich warten."

„Das war wirklich kein guter Start in Ihrem neuen Zuhause", sagte Rhona. „Was für ein Schock! Wer war der Tote, wissen Sie das?"

„Ich weiß nichts über ihn", sagte ich, nahm eine der Zeitungen und legte sie zu dem Stapel von Lebensmitteln auf der Theke. Vielleicht enthielt der Artikel noch irgendwelche neuen Informationen. „Aber es ist wirklich eine schreckliche Geschichte."

„Das ist es. Whittlecombe ist normalerweise ein verschlafenes Nest. Sie fragen sich bestimmt, worauf Sie sich eingelassen haben", meinte sie lachend. „Finden Sie es nicht unheimlich, ganz allein in dem Gasthaus zu sein?"

Ich dachte an meine Begegnung mit Talbot-Lloyd und erinnerte mich an die Vision, die ich von der Familie meines Vaters gehabt hatte.

„Ich glaube, das schaffe ich schon."

„Wie kommen Sie denn jetzt wieder dorthin? Sie sind doch nicht mit dem Auto hier, oder?"

„Ich schätze, ich werde zu Fuß gehen", sagte ich und stellte entsetzt fest, dass die Tasche, die sie mir gerade überreicht hatte, ein stattliches Gewicht besaß.

„Unsinn", antwortete Rhona, „das kann ich

nicht zulassen. Schon gar nicht, wo Sie doch jetzt eine wertvolle neue Kundin sind. Ich werde Stan bitten, Sie zu fahren." Bevor ich erwidern konnte, dass das wirklich nicht nötig sei, hatte sie bereits den Kopf durch die Hintertür gesteckt und nach ihrem Mann gerufen. „Das ist kein Problem", fuhr sie unbeirrt fort. „Möchten Sie noch etwas anderes mitnehmen, da Sie es ja nun nicht nach Hause schleppen müssen, oder ist das alles für heute?"

Kapitel 6

Als wir auf den Hof fuhren, lehnte Detective Gilchrist bereits wartend an seinem Auto. Mein neuer Bekannter Stanley lud hilfsbereit die Kisten mit den Sachen aus, die ich erstanden hatte. Nach Rhonas Angebot, dass ihr Mann mich fahren könne, hatte ich mir kurzerhand überlegt, die günstige Gelegenheit zu nutzen, und hatte die Hälfte der Reinigungsmittel des kleinen Ladens aufgekauft. Ich ging zu dem Beamten hinüber und entschuldigte mich für die Verspätung. Pünktlichkeit gehörte nicht unbedingt zu meinen Tugenden.

„Guten Tag, Miss Daemonne", sagte er und zog eine Augenbraue hoch. Er war ein gut aussehender Mann Ende dreißig, groß und kräftig gebaut, mit blondem und bereits leicht graumeliertem Haar. Ein nordischer Typ, wenn man so will.

„Haben Sie die ganze Nacht hier verbracht, Detective?“ Ich lächelte und hoffte, er würde mir mein Zuspätkommen verzeihen.

„Es fühlt sich auf jeden Fall so an.“ Gilchrist rieb sich mit einer seiner Pranken über Augen und Gesicht. Mit einem Mal verspürte ich das Verlangen, die Hand auszustrecken und selbst über seine Bartstoppeln zu streichen. *Meine Güte, war ich schon völlig von Sinnen?*

„Ich kann uns einen Tee oder Kaffee machen, habe eben eingekauft“, teilte ich ihm ein wenig flatterig mit und deutete auf die Kisten, die Stanley gerade ausgeladen hatte. „Das heißt, wenn ich wieder Strom habe.“

„Ein Kaffee wäre großartig“, erwiderte der Detective, und ich wandte mich zur Haustür.

„Oh“, entfuhr es mir, und verunsichert hielt ich inne, „darf ich überhaupt wieder rein?“

„Ja, die Spurensicherung drinnen ist abgeschlossen. Es wurden keine brauchbaren Hinweise gefunden, nichts Auffälliges, und es hat sich auch niemand gewaltsam Zutritt verschafft. Meine Leute werden heute weiter die Rückseite des Hauses untersuchen und brauchen dort freie Bahn. Es wäre also gut, wenn Sie solange nicht die Hintertür benutzen und in den Garten gehen würden, wenn es Ihnen nichts ausmacht?“

„Nein, natürlich nicht, kein Problem“, sagte ich und stieß erleichtert die Eingangstür zum Gasthaus auf.

„Wo möchten Sie die Sachen hinhaben?“, rief Stanley, der noch hinter mir im Hof stand.

„Stellen Sie sie doch bitte einfach hier vorne hin“, bat ich ihn und legte den Schalter an der Wand um. Zu meiner großen Freude wurde es hell im Raum. „Wir haben Strom!“, juchzte ich. Es fühlte sich wie ein Triumph an. Weniger erfreulich war jedoch, dass das Chaos, das in meinem Haus herrschte, nun in vollem Ausmaß sichtbar wurde.

Meine Taschen ließ ich vorerst dort stehen, wo ich sie am Vortag abgestellt hatte. Nur den kleinen Wasserkocher, den ich mitgebracht hatte, fischte ich mir heraus, und kramte in den Kisten, die Stanley anschleppte, nach Kaffee, Milch und einer Flasche stilles Wasser. Bevor ich darauf vertraute, dass man das Wasser aus den alten Leitungen trinken konnte, wollte ich es lieber nachher erst mal eine Weile laufen lassen.

„Ich habe leider im Moment nur Plastikbecher, wenn das okay ist? Sorry, die sind nicht besonders schick“, sagte ich und hielt einen rosa und einen lila Becher hoch. „Ich war mir nicht sicher, ob es hier irgendetwas Brauchbares geben würde, also habe ich das Nötigste mitgebracht.“

Gilchrist lächelte: „Sehr vorausschauend von Ihnen. Es ist mir egal, woraus ich den Kaffee trinke, solange er mich wach macht.“

„Dann werde ich dafür sorgen, dass er stark ist.“

Stanley brachte die letzten Kisten herein. „Das ist erst mal alles“, verkündete er.

„Vielen Dank“, erwiderte ich. „Das war wirklich sehr freundlich von Ihnen.“

„Kein Problem, meine Liebe. Sagen Sie uns Bescheid, wenn Sie noch etwas brauchen. Wir beliefern die Leute im Dorf immer gerne.“

„Möchten Sie auch einen Kaffee?“, fragte ich und schwenkte das Glas mit dem Instantkaffee.

„Nein danke, ich fahre jetzt besser zurück. Sicher hat Rhona bereits eine Liste mit neuen Aufgaben für mich, die ich noch vor dem Mittagessen erledigen soll.“ Er zwinkerte mir zu, und ich winkte ihm hinterher, erleichtert, weil ich nur zwei Becher und das Gefühl hatte, selbst noch eine Koffeindosis gebrauchen zu können. Ich reichte Gilchrist sein Getränk und wir zogen uns zwei Stühle aus dem Stapel.

„Haben Sie Neuigkeiten für mich?“, fragte ich. „Ich habe gehört, dass es ein Mann war, aber mehr weiß ich nicht.“

„Es war ein Mann“, bestätigte der Polizeibeamte. „Ein älterer Kerl. Wir schätzen ihn auf Ende sechzig, Anfang siebzig. Er trug keinen Ausweis bei sich, sodass wir zum jetzigen Zeitpunkt noch nicht wissen, wer er war oder woher er kam. Er hat offenbar nicht versucht, ins Haus einzubrechen. Die Türen und Fenster sind alle unbeschädigt, und soweit wir das beurteilen können, scheint hier soweit alles in Ordnung zu sein. Oder haben Sie bemerkt, dass etwas fehlt?“

Ich schüttelte den Kopf. „Um ehrlich zu sein, war ich gestern zum ersten Mal hier, also kann ich dazu nichts sagen, da müssten Sie jemand anderen fragen. Allerdings weiß ich auch nicht, wer das besser wissen könnte. Die Anwältin meiner Mutter war noch nie hier, und ich habe den Eindruck, dass Hawke, Joplin und Harrow zwar mit der Verwaltung beauftragt wurden, sich jedoch nie richtig um das Gasthaus gekümmert haben. Es sieht alles etwas heruntergekommen aus.“

Gilchrist nickte. „Ja, das ist auch mein Eindruck.“

„Sie haben also keine Hinweise darauf, wer der Mann überhaupt ist?"

„Im Moment nicht, aber wir werden eine landesweite polizeiinterne Suchmeldung herausgeben, vielleicht können wir auf diesem Weg etwas herausfinden. Außerdem gibt es eine Datenbank für vermisste Personen, die wir nach möglichen Übereinstimmungen durchforsten. Eventuell werden wir auch einen öffentlichen Aufruf starten, wenn unser Phantombildzeichner ein Bild von dem Mann angefertigt hat."

„Okay", seufzte ich traurig, weil der alte Mann mir leidtat.

„Ich würde Ihnen dieses Bild gerne zeigen, sobald es fertig ist, wenn Sie einverstanden sind."

„Ja, natürlich. Ich helfe gerne, wo ich kann, obwohl ich niemanden aus der Gegend kenne."

„Er könnte zu Besuch gewesen sein. Und natürlich muss ich unter anderem prüfen, ob er in irgendeiner Weise mit dem Gasthaus in Verbindung stand."

„Ja, das macht Sinn," sagte ich nickend. „Was war die Todesursache?"

„Im Moment noch unklar. Nichts Offensichtliches. Der Pathologe wird sich das heute Nachmittag genauer ansehen."

„Ich verstehe", sagte ich schaudernd. Die Toten

an sich machten mir nicht viel aus, denn als Hexe war es für mich ganz natürlich zu glauben, dass der Körper nur eine Hülle ist und der Tod eine Befreiung, der Beginn von etwas Neuem. Ich wollte mich jedoch nicht damit befassen, was mit der Leiche geschah, nachdem man sie von ihrem Fundort weggeschafft hatte.

„Im Moment kann ich Ihnen nur empfehlen, Ihre eigene Sicherheit sehr ernst zu nehmen, Miss Daemonne. Beabsichtigen Sie, allein hierzubleiben?"

„Hier im Gasthaus? Ja, das ist schließlich jetzt mein Zuhause. Und ich habe sonst niemanden zur Unterstützung." Ich zuckte mit den Schultern. „Aber machen Sie sich keine Sorgen. Ich kann sehr gut auf mich selbst aufpassen."

„Ich nehme an, hier gibt es noch keinen Festnetzanschluss, oder? Sie haben aber ein Handy, ja?" Gilchrist griff in die Tasche seines Jacketts und reichte mir eine Karte. „Hier ist meine Telefonnummer. Sie können mich jederzeit anrufen. Aber im Notfall wählen Sie die 999, okay?"

„Okay, kein Problem", antwortete ich. „Und ja, natürlich habe ich ein Handy."

„Gut. Schicken Sie mir eine Nachricht, damit ich mir Ihre Nummer speichern kann." Er stand auf. „Also dann, ich muss los, zurück zum Revier. Mal sehen, wie es mit der Identifizierung dieses Kerls vorangeht."

Ich begleitete Gilchrist zur Tür und nahm seinen Becher entgegen, den er mir hinhielt.

„Danke für den Kaffee", sagte er.

„Ich hoffe, er war stark genug."

„Ich fühle mich wacher als vorher, also ja, ich glaube schon." Er zwinkerte mir zu. „Passen Sie auf sich auf, und vergessen Sie nicht, mir Ihre Nummer zu schicken."

„Das mache ich, versprochen."

Ich folgte ihm und sah zu, wie er wegfuhr, dann drehte ich mich um und betrachtete das Gasthaus. Mein eigenes Haus. Nichts daran wirkte bedrohlich, und ich stellte mir sogar vor, dass es zufrieden seufzte, als ich wieder hineinging.

„Ich bin hier, um dich zu lieben", flüsterte ich ihm zu. „Ich werde dir deinen alten Glanz zurückgeben und für uns etwas aufbauen, ein neues Leben. Ich werde dafür sorgen, dass es uns gut geht."

Die Hände in die Hüften gestemmt, blickte ich mich um.

„Aber wo soll ich bloß anfangen?"

Sechs Stunden später waren meine Haare ebenso wie der Rest von mir völlig verklebt und ich ließ mich auf der Eingangsstufe nieder, um einen Schluck Wasser zu trinken. Ächzend wischte ich mir Dreckkrümel aus dem Gesicht und versuchte, das eklige Kratzen im Hals, das sich wie ein staubiges Knäuel anfühlte, loszuwerden. Ach, wäre ich doch nur eine Katze, überlegte ich, dann könnte ich dieses fiese Zeug einfach wieder hervorwürgen. Erschöpft lehnte ich mich gegen den Türpfosten und dachte über die vor mir liegenden Aufgaben nach.

Ich brauchte so schnell wie möglich zumindest einen bewohnbaren Raum. Einen Ort, an dem ich leben, schlafen und mich organisieren konnte. Eine Schaltzentrale sozusagen. Es machte also Sinn, mit meinem eigenen Quartier anzufangen und danach weitere Räume so herzurichten, dass man sie wenigstens einigermaßen benutzen konnte.

Nachdem Wasser und Strom wieder angestellt waren, konnte ich nun mit der Arbeit beginnen. Ich hatte mir vorgenommen, Teppiche herauszureißen, Tapeten von den Wänden zu lösen und Trennwände zu entfernen. Zuerst kümmerte ich mich um die Teppiche. Theoretisch eine super Idee, aber o Graus! Schnell hatte sich gezeigt, dass dies gar nicht so einfach zu bewerkstelligen war. Die uralten Dinger mussten schon vor einer Ewigkeit verlegt worden sein und waren voller Staub, Schmutz und wer weiß, was noch alles. Ich fing in einer Zimmerecke an und ruckte und zerrte mit aller Kraft, um sie vom Boden zu lösen, doch es dauerte ewig, bis ich sie endlich alle heraushatte. Ich bin keine schmächtige Frau, im Gegenteil, eher etwas kräftiger, aber wenn ich in dem Tempo weitermachte, würde ich eine Armee von Helfern brauchen, um mit diesem Projekt voranzukommen.

Wenig später tauchte der Gutachter auf, ein hochgewachsener Mann in einem grauen Anzug und mit einem gelben Schutzhelm unter dem Arm. Viel zu schnell fuhr er in einem teuren Volvo die Auffahrt hinauf, bretterte über die Schlaglöcher und legte eine Vollbremsung hin, bei der loser Schotter aufgewirbelt wurde.

„O Mann, diesen Ort zu finden, war die Hölle", beklagte er sich, als ich ihm entgegenging, um ihn zu begrüßen. „Ich möchte zu Miss Daemonne."

„Miss Daemonne?", fragte ich. „Ich fürchte, Sie müssen mit mir vorliebnehmen. Meine Mutter ist leider kürzlich verstorben."

Er musterte mich mit einer gewissen Geringschätzung, und sofort fiel mir die Begegnung mit Gladstone Talbot-Lloyd wieder ein.

„Ich verstehe", sagte er, und ich konnte ihm ansehen, dass er sich wünschte, ich wäre älter und erfahrener und wüsste, worauf es bei seiner Tätigkeit ankam. Da musste ich ihn leider enttäuschen.

„Charles Pimm", stellte er sich vor und reichte mir schlaff die Hand. Ich schüttelte sie kräftig und konnte mir nur mit Mühe das Grinsen verkneifen, weil er angesichts meiner schmutzigen, verschwitzten Pfoten angewidert das Gesicht verzog.

Die folgenden zwei Stunden tappte ich gelangweilt hinter ihm her, während er mit seiner Taschenlampe in staubige Ecken leuchtete und mit nervtötender Regelmäßigkeit kritische Ahs und Ohs von sich gab. Ich schaute ihm über die Schulter und entdeckte während unseres Rundgangs zahlreiche Spinnweben und an unzugänglichen Stellen sogar allerlei tote Nagetiere. Vorsichtig stiegen wir die wackelige Treppe zum Dachboden hinauf, und ich stellte erleichtert fest, dass sich dieser offenbar in einem passablen Zustand befand, mit Brettern verkleidet und mit Fußböden versehen. Und das Beste war, dass es keine Anzeichen von Feuchtigkeit gab. Das Dach schien dicht zu sein und musste nicht sofort neu eingedeckt werden, was meine größte Sorge gewesen war.

Weniger ermutigend war die Menge an altem

Zeug, das sich hier stapelte. Überall verstreut standen Kisten, riesige Koffer, Möbel, Bettgestelle, Matratzen, Hutschachteln und vieles mehr. Ich glaube nicht, dass ich jemals so viel Plunder an einem Ort gesehen habe. Fassungslos blickte ich umher und fragte mich, was ich wohl mit all dem Krempel anfangen sollte. Vorsichtig öffnete ich einen Koffer und entdeckte unter mehreren Lagen von altem Seidenpapier wunderschöne, mit Perlen und Stickereien verzierte Kleider, wahrscheinlich aus den 1920er-Jahren. Es war eine wahre Fundgrube, aber der Gedanke, das alles sortieren zu müssen, löste bei mir alles andere als Begeisterung aus.

In einer Ecke entdeckte ich eine Reihe von Gemälden in schweren Holzrahmen, die mit einem Laken bedeckt waren. Ich beugte mich vor und zog den Stoff zurück, sodass das vorderste Bild zum Vorschein kam. Es zeigte eine eher abschreckend wirkende Frau in einem Abendkleid mit einem Diadem auf dem Kopf. Auf dem nächsten folgte ein Herr mit weißem Bart. Völlig vertieft betrachtete ich ein Bild nach dem anderen und fragte mich, wer all diese Leute waren, bis mich ein ungeduldiges Räuspern hinter mir in die Wirklichkeit zurückholte.

„Ich würde mir jetzt gerne die Rückseite des Hauses anschauen, wenn's geht."

Erschrocken fuhr ich herum und stieß mit dem Kopf an einen Balken. „Die Rückseite?“, wiederholte ich und kam mir blöd vor, während ich mir die schmerzende Stirn rieb.

„Draußen? Die hintere Seite?“ Die Verachtung in seiner Stimme war nicht zu überhören.

„Ja, schon klar, aber das geht heute nicht“, erwiderte ich.

„Weil?“, fragte er und hob missbilligend die Augenbrauen.

„Weil es ein Tatort ist“, erklärte ich geduldig. „Ich habe vor nicht einmal vierundzwanzig Stunden eine Leiche hinten im Hof gefunden. Die Polizei hat mich gebeten, vorerst nicht dort rauszugehen, weil die von der Spurensicherung noch nicht fertig sind.“ Zwar ging ich eigentlich davon aus, dass sie ihre Arbeit inzwischen abgeschlossen hatten, aber um ehrlich zu sein, wusste ich es nicht genau, da ich kaum etwas davon mitbekommen hatte. Ich war viel zu sehr damit beschäftigt gewesen, den ganzen Nachmittag hinter diesem Mann herzutrotten und ihm dabei zuzuhören, wie er mürrische Laute von sich gab.

„Ich verstehe.“ Er machte verschiedene schnalzende Geräusche, und ich musste mich beherrschen, denn so langsam hätte ich ihm wirklich gerne den

Hals umgedreht. „Nun denn. In diesem Fall sind wir hier wohl fertig. Ich werde meinen Bericht schreiben und Ihnen eine Kopie zukommen lassen."

„Können Sie mir nicht vorab schonmal einen kleinen Hinweis geben, wie Sie die Lage einschätzen?", fragte ich, woraufhin er mich verwirrt anblinzelte. „Ich meine, sagen Sie mir doch bitte, ob ich damit rechnen muss, dass das Gebäude in nächster Zeit einstürzt."

„Das wird alles in meinem Bericht stehen", antwortete er süffisant.

„Na schön", sagte ich und verdrehte verärgert die Augen. Dann schloss ich die Dachbodentür und bedeutete ihm mit einem Kopfnicken, vor mir die Treppe hinunterzugehen.

Ich begleitete ihn hinaus und öffnete eine Flasche Wasser, die ich in Sekundenschnelle leerte. Anschließend machte ich mich wieder auf den Weg nach oben, um die Wasserhähne zu öffnen und Wasser in meine Badewanne laufen zu lassen. Mal sehen, ob es klappte, sauberes Wasser aus den Leitungen zu bekommen.

Es war ein sehr langer Tag nach einer sehr kurzen Nacht gewesen, und es wäre eine Lüge zu behaupten, dass es mir nicht vor der anstehenden Mammutaufgabe graute. Je mehr ich geschuftet hatte, desto deutlicher wurde mir die enorme Dimension dieses Unterfangens. Als ich die Teppiche die Treppe hinunterschleppte, um sie draußen auf einen Haufen zu werfen, fiel mir ein, dass ich für die Entsorgung unbedingt einen Container anmieten musste, möglicherweise sogar eine ganze Reihe davon. Und anschließend würde ich sämtliche Tapeten von den Wänden reißen.

Um achtzehn Uhr war ich am Ende meiner Kräfte und ärgerte mich, dass ich am Morgen im Laden nicht noch eine Flasche Wein und etwas Süßes eingekauft hatte. Ich würde eine enorme Menge an Nervennahrung benötigen, wenn ich das hier durchziehen wollte, und Wein, Schokolade, Kaffee und Kuchen standen ganz oben auf meiner Liste.

Ich ließ mich wieder auf der Eingangsstufe nieder und hatte das Gefühl, noch niemals so erschöpft gewesen zu sein. Plötzlich sehnte ich mich nach dem winzigen Zimmer in meiner Wohngemeinschaft in Lewisham. Allein schon wegen der vertrauten Umgebung, der Gemütlichkeit. Sauberkeit und Ordnung hatten dort zwar nie geherrscht, aber es war einfach da gewesen, und ich hatte mir keine Gedanken darüber machen oder mich um irgendetwas kümmern müssen. Jetzt besaß ich auf einmal ein ganzes Anwesen, war Vermieterin zahlreicher Immobilien, die ich noch nie zu Gesicht bekommen hatte, und als wäre all das nicht schon mehr als genug, musste ich mich auch noch darum kümmern, das Gasthaus wieder in Betrieb zu nehmen. Ich konnte nicht umhin, mich zu fragen, ob ich mir nicht zu viel aufgehalst hatte.

Ich seufzte schwer, und gerade als ich aufstehen und zurück ins Haus gehen wollte, um doch noch ein bisschen weiterzumachen, erblickte ich eine Frau, die mit einem großen, langhaarigen Windhundmischling die Zufahrt hinaufspaziert kam. Sie war schätzungsweise Ende fünfzig und ein seltsamer Anblick. Zu ihren grünen Gummistiefeln trug sie ein unförmiges, knielanges Sommerkleid mit kleinen bunten Blumen, eine vermutlich selbst gestrickte Jacke in einem seltsamen Senfgrün, das nicht zu den Gummistiefeln passte, und einen großen, braunen Regenhut. Eines musste man ihr lassen: Mit ihrem Outfit war sie für alle Wetterlagen gerüstet.

„Einen wunderschönen guten Tag!“, rief sie mir von Weitem zu. Sie klang viel vornehmer, als ihr bunter Aufzug vermuten ließ. Vielleicht nicht ganz die Klasse von Gladstone Talbot-Lloyd, aber es fehlte nicht viel.

„Hallo“, erwiderte ich ihren Gruß und lächelte den Hund an, der sich mir schwanzwedelnd näherte, um mich zu beschnuppern und herauszufinden, mit wem er es zu tun hatte.

„Ich hoffe, Jasper stört dich nicht?“

„Er ist ganz schön neugierig“, antwortete ich, während er mich ausgiebig beschnüffelte.

„So muss das doch sein, dann macht ein Hund seinen Job richtig.“

„Hat Jasper einen Job?“, erkundigte ich mich und fragte mich im Stillen, ob diese Frau zu den Jagdfreunden gehörte, die hier auf dem Land gleichermaßen geliebt und gehasst werden.

„Nein, nicht wirklich. Er ist nur mein Begleiter.“ Sie gab ein schnalzendes Geräusch von sich, um ihn zu sich zu beordern, und er trottete gehorsam an ihre Seite, schaute auf und wartete vermutlich auf ein Leckerchen. Sie gab ihm eines, kraulte ihn unterm Kinn und ließ ihn wieder loslaufen. Er schnüffelte an der Vorderseite des Hauses herum. „Er wäre wahrscheinlich der perfekte Hund für die Jagd.“

„Gibt es hier eigentlich viele Füchse?“, fragte ich.

„O ja“, zwitscherte die Frau fröhlich. „Hast du vor, Hühner oder anderes Vieh zu halten?“

Ihre Frage ließ mich an meine Mutter denken. „Nein, das hatte ich nicht vor.“ Diese Frau wusste bereits, dass ich die Besitzerin des Gasthauses war. Sie war mir gegenüber im Vorteil. „Ich bin Alf Daemonne.“

Sie streckte ihre Hand aus, um mir einen warmen, kräftigen Händedruck zu geben. „Millicent Ballicott. Ich kannte deinen Vater.“

„Tatsächlich?“ Ich konnte mein Erstaunen nicht verbergen. Noch nie hatte jemand diese magischen Worte zu mir gesagt.

„Ja, wir haben als Kinder zusammen gespielt. Er hat sich zu einem bewundernswerten Mann entwickelt, war immer sehr großzügig.“ Sie musterte mich aus blassblauen Augen. „Du siehst ihm ähnlich.“

„Wirklich?“

„Ja. Du hast seine Hautfarbe und sein Kinn. Aber die Augen musst du von deiner Mutter haben.“ Millicent sah mich noch einige Augenblicke lang aufmerksam an, als ob sie versuchte, meine Gedanken zu lesen. Ihr stand eine Frage ins Gesicht geschrieben, die ihr noch nicht so recht über die Lippen wollte. Ich spürte, dass sie um den besonderen Hintergrund meiner Familie wusste.

„Du benutzt die Gabe nicht“, sagte sie schließlich.

„Nein", antwortete ich, und zum ersten Mal seit vielen Jahren sah ich mich so, wie mich die anderen aus der magischen Zunft vermutlich sahen. Millicent war enttäuscht. Sie musterte mich auf die gleiche Art, wie meine Mutter und ihre Freundinnen es so oft getan hatten, mit einem leichten Stirnrunzeln und gerümpfter Nase.

„Warum?", wollte sie wissen, und obwohl sie es in einem milden Ton sagte, empfand ich ihre Frage als vorwurfsvoll.

Ich zuckte mit den Schultern. „Es ist nicht mein Ding. Ich brauche es nicht."

Millicent sah mich wissend an und lächelte. „Du meinst, du hast es *noch nicht* gebraucht."

Daraufhin schwieg ich, da es mir nach wie vor widerstrebte, über meine Beweggründe zu sprechen, warum ich meine hexischen Fähigkeiten nicht einsetzen wollte. Schnell lenkte ich das Gespräch wieder auf Jasper.

„Lass ihn besser nicht hinters Haus laufen", sagte ich zu Millicent. Er schien einer Fährte genau in diese Richtung zu folgen.

„Ach ja. Dein Mord", erwiderte Millicent und pfiff ihren Hund zurück. Er kam fröhlich angerannt und trabte kurz darauf hinüber zu den Bäumen entlang der Auffahrt, wo er herumzuschnüffeln begann, vermutlich auf der Suche nach Eichhörnchen.

„Ja."

„Weiß man schon, wer das Opfer war?"

„Nein, noch nicht. Auch nicht, wie er gestorben ist."

„Du hast die Leiche gefunden, habe ich gehört?" Ich nickte. „Und du hast überhaupt keine Vermutung?"

Verblüfft schüttelte ich den Kopf. Worauf wollte sie hinaus? „Wie er gestorben ist? Nein. Warum sollte ich? Ich bin kein Arzt."

„Ich meine ja nur, weil …", setzte sie an, hielt dann jedoch inne. „Schon gut." Sie sah nach Jasper, dann wandte sie sich wieder mir zu. „Du willst das Gasthaus also übernehmen?"

„Ja, so ist der Plan." Ich merkte selbst, dass ich nicht sehr überzeugt klang. „Zumindest hatte ich mir das fest vorgenommen, aber jetzt …"

„Jetzt?", hakte Millicent mit freundlicher Miene nach.

„Ich weiß nicht, ob es überhaupt Leute geben wird, die hier übernachten wollen. Nach dem Mord meine ich. Und es ist halt auch ein sehr altes Gebäude. Außerdem habe ich mit dem Hay Loft im Dorf eine starke Konkurrenz. Vielleicht wäre es klüger, das gesamte Anwesen mit dem Land zu verkaufen und mir eine andere Aufgabe zu suchen."

„Es an Gladstone Talbot-Lloyd verkaufen?"

„Er scheint ganz wild darauf zu sein. Woher weißt du das?"

„Das ist kein Geheimnis. Er ist schon seit vielen Jahren hinter diesem Haus her. Seit dein Vater es geerbt hat, und vielleicht sogar schon davor."

„Das wusste ich nicht."

„Jeder im Dorf weiß, dass er wie ein Geier versucht, dieses Land zu erbeuten. Ein fieser Typ, dieser Talbot-Lloyd. Lass dich von ihm nicht zu etwas überreden, was du nicht willst."

„Aber der Mord? Vielleicht ist das ein schlechtes Omen?"

Millicent schnalzte mit der Zunge und warf mir einen kritischen Blick zu. „Alfhild. Du wurdest nach der Großmutter deines Vaters benannt. Sie war eine beeindruckende Hexe, aber von ihrer Courage scheinst du nicht viel geerbt zu haben. Mag sein, dass der Mord ein schlechtes Omen ist. Aber vielleicht will dich auch jemand dazu bringen, so zu denken."

Das machte mich nachdenklich. „Glaubst du, jemand hat es auf mich abgesehen?"

„Wahrscheinlich hat es nichts mit dir persönlich zu tun. Aber sieh dich an." Sie zeigte auf mich. „Du bist jung und noch dazu eine alleinstehende Frau. In den Augen mancher Leute macht dich das zu einer leichten Zielscheibe. Ein bisschen Druck, und schon läuft sie mit eingekniffenem Schwanz wieder dorthin zurück, wo sie hergekommen ist.“

Ich wollte ihr widersprechen, aber tatsächlich hatte ich keine zehn Minuten zuvor selbst überlegt, ob es so sein könnte.

„Wenn du das alles hier verkaufst, wäre das für dich sicher ein leichtes und wohl auch einigermaßen lukratives Geschäft. Von dem Erlös könntest du dich zur Ruhe setzen, es dir gutgehen lassen, wenn du es richtig anlegst. Dann müsstest du dir nie wieder Sorgen um Geld machen.“ Millicent trat noch ein Stück näher an mich heran, und ihre Augen funkelten. „Aber wenn du deiner Großmutter nur ein bisschen ähnlich bist, wirst du es dir nicht so leicht machen. Natürlich willst du ein spannendes Leben haben, doch genauso willst du eines, das dich herausfordert. Und dieses Gasthaus ist definitiv eine Herausforderung. Du musst es clever anstellen, aber du kannst es schaffen. Du wirst die richtigen Kunden finden, wenn du es ordentlich aufziehst.“

Ihre Worte waren wie Balsam für meine Seele. Etwas Schweres, das mich den ganzen Tag über bedrückt hatte, schien von mir abzufallen. Rhona hatte mich ja auch schon ermutigt, dass ich die richtigen Gäste finden würde. Allerdings hatte ich noch keine Ahnung, wer meine Kundschaft sein könnte.

„Aber es ist noch so wahnsinnig viel zu tun“, gab ich seufzend zu bedenken, obwohl ich mich eigentlich schon entschieden hatte.

„Du brauchst Hilfe. Ich kenne da jemanden, der perfekt dafür wäre. Ich schicke ihn dir morgen vorbei.“

Kapitel 7

Nachdem Millicent mit Jasper im Schlepptau wieder in Richtung des Dorfes geschlendert war, beschloss ich, selbst einen Spaziergang zu machen. Es war an der Zeit, den Shady Wood kennenzulernen, der am Rande des Geländes hinter dem Gasthaus lag. Mir brummte der Kopf, wahrscheinlich war ich dehydriert, und müde sowie. Die frische Waldluft würde mir bestimmt guttun, und vielleicht könnte ich danach auch besser einschlafen.

Vögel zwitscherten in den Bäumen, als ich mich unter dem blau-weißen Absperrband der Polizei hindurchduckte, mit dem sie den Tatort und die angrenzenden Bereiche abgesichert hatten. Seit heute

Vormittag war hier nichts mehr los gewesen, und es gab keine Anzeichen, dass die Untersuchung noch im Gange war. Mit etwas Glück würde die Sperre morgen früh aufgehoben werden, sodass ich mich dann wieder überall frei bewegen könnte.

An der Stelle, wo die Leiche gelegen hatte, hielt ich inne und gedachte jenes verlorenen Lebens. Vielleicht war er ein Wanderer gewesen oder jemand, der gerne durch die Wälder streifte. Auf jeden Fall hatte ich mir meinen Start hier nicht so betrüblich vorgestellt.

Die Waldluft war sauber und klar, genau wie ich gehofft hatte. Ringsum gab es Leben, und meine Stimmung besserte sich von Minute zu Minute. Die Bäume nickten mir zu und raunten ihre Lieder, während ich zwischen ihnen umherwandelte. Man muss keine Hexe sein, nicht einmal eine so abtrünnige wie ich, um die Natur zu schätzen, aber es ist sicher hilfreich. Jede Knospe und jedes Blatt, jeder Farn und jeder Käfer schienen mir im Vorbeigehen zuzurufen. Wie wundervoll ein Waldbad doch sein konnte. Ich atmete tief ein, und neue Energie durchströmte jede Zelle meines Körpers. Behutsam streckte und lockerte ich meinen Rücken und meine müden Muskeln, bis ich mich erfrischt und entspannt fühlte. Gelegentlich blieb ich stehen, um ein Stück Rinde oder eine knorrige Wurzel zu bestaunen. Sanft ließ ich die Finger über Baumstämme gleiten und zog Zweige zu meiner Nase hin, um den Duft von Mutter Erde und all ihren Schätzen in mich aufzusaugen.

Nach einer Weile entdeckte ich eine kleine Lichtung mit mehreren, kreisförmig angeordneten Holzbänken. Ich ließ mich auf einer der Bänke nieder, um mich einen Moment auszuruhen, und erst da bemerkte ich, dass es bereits dämmerte. Es war Zeit, umzukehren. Gerade als ich mich auf den Rückweg zum Gasthaus machen wollte und mich schon auf die Sandwiches mit Käse und Tomaten freute, fiel mir etwas Merkwürdiges ins Auge. Ein Brandfleck auf dem Boden und angesengtes Gestrüpp. Ich stocherte mit dem Fuß darin herum. Die Stelle am Boden war sorgfältig mit einer Schicht aus Zweigen und alten Blättern getarnt worden, aber wenn man genau hinsah, konnte man erkennen, dass sich hier jemand zu schaffen gemacht hatte. Der Boden war sauber gefegt worden, doch irgendetwas hatte zuvor hier die Erde verbrannt, und dann hatte man die Spuren überdeckt.

Ich drehte mich um meine eigene Achse, spähte zwischen den Bäumen hindurch und ins Unterholz. Wer war hier gewesen und warum? Hatte jemand wild gezeltet? Es schien ein guter Platz dafür zu sein, aber die Brandspur war lang und schmal, nicht rundlich, wie man es bei einem Lagerfeuer erwarten würde. Da es schon dunkel wurde und ich nicht mehr alles so gut erkennen konnte, beschloss ich, bei Tageslicht zurückzukehren, um die Stelle noch einmal genauer unter die Lupe zu nehmen.

Als ich mich zum Gehen umwandte, hätte ich beinahe vor Schreck aufgeschrien. Auf einem Ast in Augenhöhe, nur etwa zwei Meter von mir entfernt, hockte ein großer Vogel und starrte mich mit orangefarbenen Augen an, die wie Scheinwerfer leuchteten. Als ich meine Fassung wiedererlangt hatte, trat ich einen Schritt vor, um mir das Tier näher anzusehen. Es war eine große Waldohreule, ein Männchen vermutlich, mit hell- und dunkelbraun gesprenkeltem Gefieder, einem runden, braunen Gesicht und dunklen Ringen um die Augen.

„Hoo-ooo. Hoo-hoo", rief die Eule leise.

„Hoo-ooo. Hoo-hoo", wiederholte ich, und sie schaute mich mit ernsten Augen an.

Ich lächelte. „Du bist ein stattlicher Vogel, Mr. Hoo", sagte ich. „Es tut mir leid, wenn ich dich gestört habe, obwohl es noch ein bisschen früh für dich ist, oder? Bist du nicht eher ein Nachtschwärmer?"

Er reagierte nicht, blinzelte nicht einmal. Ich nickte ihm zu. „Geh in Frieden“, murmelte ich aus alter Gewohnheit. Das war einer der Segenswünsche, die man mir als Kind beigebracht hatte. „Möge dein Leben lang und erfüllt sein.“

Bedächtig schweigend schlich ich an seinem Baum vorbei und hielt den Atem an, aus Angst, ihn zu verjagen. Ich rechnete fast damit, dass er die Flucht ergreifen würde, aber er blieb, wo er war, regungslos und unbeeindruckt. Ein Stückchen weiter beschleunigte ich mein Tempo, um vor Einbruch der Dunkelheit zurück am Gasthaus zu sein. Ich hatte noch keine hundert Meter zurückgelegt, als mir eine Vibration in der Luft und ein nahezu lautloses Flattern verrieten, dass mein Eulenfreund sich erhoben hatte und mir durch den Wald folgte. Ich sah zu, wie er zehn Meter vor mir auf einem Ast landete und mich wie ein Wächter beobachtete, während ich meinen Heimweg fortsetzte.

Als ich ihn passierte, verlangsamte ich erneut meinen Schritt, und diesmal drehte er den Kopf und verfolgte mich mit den Augen. Dieses Spiel wiederholte sich mehrfach, bis ich schließlich den Waldrand erreichte, wo das Gasthaus still und dunkel vor mir lag. Aus diesem Blickwinkel sah es finster aus, das Polizeiband flatterte in einer leichten Brise. Nichts für schwache Nerven diese Szene, so viel stand fest. Warum bloß hatte ich kein Licht angelassen? Am Ende würde ich mich noch selbst vergraulen.

Dann drehte ich mich zum Wald um, wo mein neuer Freund unweit von mir hockte und mich beobachtete. „Ich muss jetzt reingehen“, flüsterte ich ihm zu. Es überraschte mich, dass ich ein gewisses Bedauern darüber empfand, ihn nicht länger in meiner Nähe zu haben. Es war eine merkwürdige, aber auch faszinierende Begegnung gewesen. Im Haus würde niemand auf mich warten. Zuvor war ich nicht davon ausgegangen, dass es mir zu schaffen machen könnte, ganz allein zu sein. Erst durch die unerwartete Gesellschaft der Eule war mir das bewusst geworden. Jetzt nagte die Einsamkeit an mir. Vielleicht hätte ich noch ein paar Nächte im Hay Loft bleiben sollen, unter Menschen, so seltsam oder unhöflich sie auch sein mochten.

Nein, hätte das nicht bedeutet, aufzugeben? Das Gasthaus war jetzt mein Zuhause. Bis auf Weiteres zumindest.

„Danke für deine Gesellschaft“, sagte ich zu der Eule. „Gute Nacht.“

Ich entfernte mich Richtung Gasthaus. Sie würde im Wald bleiben, das wusste ich, doch vielleicht würde ich sie bei meinem nächsten Spaziergang wiedersehen. Hoffentlich.

Gierig stopfte ich die Käse-Tomaten-Sandwiches in mich hinein, auf die ich mich schon so gefreut hatte. Danach fühlte ich mich etwas besser und beschloss, ein Bad zu nehmen. Die Wanne in meinem Badezimmer war klassisch viktorianisch und stand auf ihren geschwungenen Metallfüßen direkt unter dem Fenster. Sie wies zahlreiche Kratzer und Schrammen auf, war aber schön tief und sah sehr bequem aus. Die riesigen Wasserhähne waren so schwergängig, dass ich beide Hände brauchte, um sie aufzudrehen. Der monströse Wasserboiler, ein uraltes Ding, das sich in einem separaten Räumchen befand, gurgelte und brummte schon den ganzen Tag vor sich hin, seit der Strom wieder angestellt worden war, sodass genug warmes Wasser da sein sollte. Ich kramte in einer meiner Reisetaschen und fand ein luxuriös duftendes Schaumbad, das ich zu Weihnachten geschenkt bekommen hatte, sowie eine Zwölferpackung Teelichter. Einige davon zündete ich an und stellte sie auf die Fensterbank.

Seufzend ließ ich mich in die Wanne gleiten und

genoss die wohltuende Wärme. Es war ein ereignisreicher Tag gewesen, und meine Gedanken kreisten um die vielen Begegnungen, die ich gehabt hatte. Da waren Gladstone Talbot-Lloyd und Charles Pimm, beides keine besonders angenehmen Zeitgenossen. Ganz im Gegensatz zu Charity vom Hay Loft, den Ladenbesitzern Rhona und Stanley, Detective Gilchrist sowie Millicent und ihr Hund Jasper und natürlich die imposante Eule. Dank ihnen allen hatte ich mich heute lebendiger gefühlt.

Bin ich einsam?, fragte ich mich und grübelte darüber nach. Vielleicht ein wenig. In London hatte ich zwar viele Freunde und Bekannte und war in der Vergangenheit ab und zu mit Männern ausgegangen, aber der perfekte Partner war nicht dabei gewesen.

Gedankenverloren malte ich ein großes Herz auf die beschlagene Fensterscheibe. Dabei fiel mir ein Liebeszauber aus meiner Schulzeit wieder ein, und ich schrieb kichernd meine Initialen in die linke Herzhälfte, AYD, gefolgt von einem Pluszeichen. Dann geriet ich ins Stocken. Es gab niemanden, dessen Anfangsbuchstaben ich hinzufügen konnte. Niemanden, den ich für mich gewinnen wollte, auf den ich einen Zauber hätte anwenden können, wenn ich es denn gewollt hätte.

Stattdessen ergänzte ich ein Fragezeichen, schloss die Augen und inhalierte den duftenden Dampf des Bades, bis sich der Nebel in meinem Kopf verzogen hatte. Als ich die Augen wieder öffnete, musste ich über das Fragezeichen lächeln. Dann sagte ich leise, aber bestimmt: „Während ich hier meinen Körper reinige, rufe ich die Götter und Göttinnen an, mir zu helfen, mich von allem Negativen aus meiner Vergangenheit zu befreien. Erfüllt mich mit Freude und dem Glauben an eine glückliche Zukunft. Möge ich diejenigen finden, mit denen ich diese Zukunft verbringen will."

Mit etwas mehr Nachdruck fügte ich hinzu: „Ich bin gesegnet in dieser Welt. Es ist meine bewusste Entscheidung, mich selbst und andere zu lieben. Ich werde lieben, ich bin liebevoll, ich werde geliebt. Ich bin Liebe!"

Daraufhin machte ich das Fenster weit auf, damit der Dunst aus dem Raum entweichen konnte, und stellte mir vor, meine Liebe in die Welt zu schicken. Mein Körper dampfte, und ich sah zu, wie die Schwaden nach draußen trieben. Es war angenehm, die kühle Abendbrise auf meiner heißen Haut zu spüren. Als ich mich wieder ins Wasser gleiten ließ, schloss ich die Augen, und erneut trugen mich meine Gedanken fort, bis mich ein plötzliches

Kratzen auf dem Fensterbrett in die Realität zurückholte.

Erschrocken starrte ich auf die Waldohreule, die mich durch das offene Fenster neugierig beäugte und sich vermutlich wunderte, warum dieses rosafarbene Geschöpf im inzwischen nicht einmal mehr lauwarmen Wasser herumplantschte.

„Hoo, hoo, hoo?“, rief sie.

Kapitel 8

Als ich am nächsten Morgen aufwachte, fühlte ich mich deutlich zuversichtlicher als am Nachmittag zuvor. Leider hielt mein neu gewonnener Optimismus nicht lange an. Der Postbote brachte mir das Gutachten von Charles Pimm, in dem er mir mitteilte, dass die Statik des Gasthauses gefährdet sei und bauliche Maßnahmen durchgeführt werden müssten, die sich wahrscheinlich auf Hunderttausende von Pfund belaufen würden. Aus seinen Zeilen triefte förmlich die Schadenfreude. Ich schüttelte fassungslos den Kopf, denn ich hatte nicht den Eindruck, dass all diese Arbeiten nötig waren. Was für eine Geldverschwendung.

Außerdem bekam ich ein Paket von Penelope Quigwell, das einen dicken Aktenordner enthielt.

Darin fand ich jede Menge Papierkram, der erledigt werden musste, sowie einen Stapel von Rechnungen und Anweisungen, wie sie zu begleichen seien. Es gab diverse Forderungen, unter anderem für die Instandhaltung der Cottages im Dorf, für das Postamt und den Lebensmittelladen. Seit einer unfassbar langen Zeit schien nichts mehr aus dem Nachlass gezahlt worden zu sein.

Ziemlich aufgebracht setzte ich mich an meinen neuen Schreibtisch und versuchte, mir einen Überblick über die Geldeingänge und -ausgänge zu verschaffen. Ich würde einige Excel-Tabellen brauchen, um das Chaos in den Griff zu kriegen, oder einen Buchhalter. Letzteres erschien mir als die bessere Alternative, bevor mir womöglich noch der Kopf platzte vor lauter Zahlen. Im Grunde genügte mir ein flüchtiger Blick darauf, um zu wissen, dass ich mehr Ausgaben als Einnahmen hatte. Wenn ich das nicht rasch änderte, wäre ich pleite, bevor ich meine Reisetaschen vollständig ausgepackt hatte.

Wofür in aller Welt bezahlte ich Hawke, Joplin und Harrow, wenn sie nicht in der Lage waren, die Immobilien auf eine wirtschaftliche Weise und im Sinne meines Vaters zu verwalten? Und was war mit Penelope Quigwell? Wie viel verlangte sie an Honorar? Und besaß sie überhaupt eine Kopie des Testaments meines Vaters? Gezeigt hatte sie mir ein solches Dokument bislang nicht. Vielleicht würde es sich lohnen, das zu überprüfen, und sei es nur, um festzustellen, ob sie sich anständig um seinen Nachlass gekümmert hatte.

Ich starrte auf mein Handy und überlegte, wo ich anfangen sollte. Es erschien mir am klügsten, zunächst bei Hawke, Joplin und Harrow anzurufen und anschließend bei Penelope Quigwell, um mir ein konkreteres Bild über die Lage zu verschaffen. Aber ich würde mich nicht um die vielen organisatorischen Dinge kümmern und gleichzeitig Tapeten abreißen und das Gasthaus wieder in Schuss bringen können. Ich brauchte dringend handwerkliche Hilfe, doch nachdem ich nun eine Ahnung vom Ausmaß meines finanziellen Dilemmas bekommen hatte, schob ich meine anfänglichen Träume von einem großen Bautrupp aus Malern, Klempnern und Elektrikern rasch wieder beiseite.

Gedankenverloren zog ich an einem losen Stück Tapete. Ich mochte es, wie leicht es sich in einem langen Streifen vom Putz löste und die glatte Oberfläche darunter freigab. Ich machte weiter, kratzte mit dem Daumennagel an der unteren Kante daneben und zerrte daran. Die Tapete gab nach und ich ließ sie auf den Boden fallen. Innerhalb von fünfzehn Minuten hatte ich die gesamte Tapete an der Wand neben meinem Schreibtisch abgezogen. Nun verteilten sich nicht nur jede Menge Papierfetzen auf dem Holzboden, sondern auch unzählige Putz- und Farbsplitter. Ich seufzte. Das sollte ich wohl besser alles direkt zusammenkehren und entsorgen. Sollte die Finanzplanung eben noch etwas warten, egal. Im Aufschieben unangenehmer Dinge war ich Weltklasse.

In diesem Moment drang von draußen ein Pfeifen an mein Ohr, und ich trat an das geöffnete Fenster, um nachzusehen, wer der Urheber dieser Melodie war. Vermutlich wollte die Polizei ihre Ermittlungen hinter dem Haus fortsetzen, jedoch konnte ich keinen Streifenwagen entdecken. Ein Typ in Jeans und rotem T-Shirt kam über den Hof geschlendert und musterte neugierig das Gebäude.

Dann ging er einfach ohne anzuklopfen hinein. Gut, die Eingangstür hatte ich offen stehen lassen, denn es gab nichts zu stehlen, und ich hatte gedacht, es täte dem Gasthaus gut, bei dem schönen Wetter ein wenig frische Luft zu bekommen. Schließlich war es schon viel zu lange verschlossen gewesen. Aber das hieß doch nicht, dass hier jeder einfach so hereinspazieren konnte. Rasch machte ich mich auf den Weg nach unten, und als ich ihn dort vorfand, klopfte er gerade geschäftig auf einer Wand herum. Was erlaubte sich dieser Kerl?

„Guten Morgen“, grüßte ich ihn mit säuerlichem Unterton. „Kann ich Ihnen irgendwie helfen?“

Er drehte sich zu mir um, und mein Herz vollführte einen kleinen Hüpfer, was meinen Ärger augenblicklich dämpfte. Er war groß, etwa einen Meter neunzig, und muskulös, hatte kurzes dunkles Haar und kornblumenblaue Augen. Und, o Mann, er sah echt gut aus! Allerdings nicht wie einer dieser perfekten Modeltypen aus der Werbung. Wenn man genauer hinschaute – und das tat ich durchaus –, wirkte sein Gesicht leicht asymmetrisch, seine Lippen ein wenig zu voll. Ich konnte erkennen, dass seine Nase irgendwann einmal gebrochen gewesen war, und doch machten ihn diese Eigenheiten für mich umso interessanter.

Ich errötete ein wenig und strich verlegen die Vorderseite des alten Kleides glatt, das ich mir übergezogen hatte. Plötzlich fragte ich mich besorgt, was er wohl von mir halten würde, von meinem runden Bauch, den üppigen Hüften, dem staubigen Gesicht und wirren Haar, das von einem unordentlichen Pferdeschwanz zusammengehalten wurde.

„Du bist Alfhild?“, erkundigte er sich. „Millicent schickt mich.“

„Alf“, sagte ich und spürte, dass ich puterrot wurde. *Was um alles in der Welt war nur los mit mir*? Dann fragte ich verwirrt: „Millicent hat dich geschickt, weil …?“

„Sie sagte, du brauchst Hilfe.“ Er lächelte, und in dem Moment schien die Welt ein hellerer Ort zu sein. Er streckte mir die Hand entgegen. „Ich bin Jed Bailey. Gelernter Maurer, aber nebenbei übernehme ich hier in der Gegend auch alle möglichen Gelegenheitsjobs. Ich kann anstreichen, Räume gestalten und ein bisschen schreinern und klempnern. Das Einzige, was ich nicht wirklich kann, ist Elektrik.“

„Wow“, sagte ich beeindruckt und schüttelte seine riesige Hand, „du kommst mir wirklich wie gerufen.“ Doch dann fiel mir der Stapel von unbezahlten Rechnungen auf meinem Schreibtisch wieder ein, und ich fragte mich beklommen, ob ich mir diesen Retter in der Not überhaupt leisten konnte.

Er schien meine Gedanken zu lesen. „Ich bin nicht so teuer.“

Mein Gesichtsausdruck hatte mich wohl mal wieder verraten. „Herrje, bin ich so leicht zu durchschauen?“

„Millicent hat mir gesagt, dass du dir hier viel vorgenommen hast. Das ist eine Mammutaufgabe, aber ich glaube, es lohnt sich. Es ist ein schönes Gebäude."

„Tja, aber möglicherweise wird es mehr kosten, als ich geerbt habe."

„Ja, ich kann mir vorstellen, dass das nicht billig wird. Ich helfe dir gerne, wenn du willst. Und ganz ehrlich, ich habe eine Schwäche für alte Häuser. Außerdem bedeutet das Whittle Inn den Leuten hier viel, weißt du, zumindest denen, die schon lange hier leben. Ich habe zwar noch andere Jobs, aber zwischendurch kann ich dir helfen, bis das Gröbste erledigt ist. Und sobald du das Budget hast, kannst du dir immer noch weitere Arbeitskräfte dazuholen."

„Das ist echt nett von dir", sagte ich, und meine Augen füllten sich mit Tränen. Mit so viel großzügiger Unterstützung hatte ich nicht gerechnet und mir war gar nicht bewusst gewesen, wie nahe mir das alles ging.

„Dann haben wir einen Deal?" Meinen plötzlichen Gefühlsausbruch ignorierte er höflich.

„Deal!", erwiderte ich, und wir gaben uns erneut die Hand.

„Cool." Er grinste, und mein Herz machte erneut einen Hüpfer. „Also, wie wäre es, wenn du mir alles zeigst?"

Wir begannen auf dem Dachboden und arbeiteten uns nach unten vor. Jed hob die Augenbrauen angesichts der riesigen Menge an Gerümpel, die sich dort oben befand, war aber ebenso wie ich froh, dass das Dach an sich so gut in Schuss war. Im zweiten und ersten Stockwerk würden wir vor allem Maler- und Tapezierarbeiten durchführen, vielleicht auch die Sanitäranlagen und Fliesen in den Badezimmern erneuern. Schön wäre es außerdem, wenn einige Zimmer des Gasthauses irgendwann über eigene Bäder verfügen würden, denn das gab es bislang nicht im Whittle Inn.

Ich zeigte ihm mein Büro und meine Wohnräume. Hier waren im Wesentlichen nur einige Schönheitsreparaturen erforderlich, eventuell ein paar neue Fenster, falls sich die Holzrahmen nicht mehr instand setzen ließen. Die meiste Arbeit würde das Erdgeschoss in Anspruch nehmen. Die Lagerräume und die Küche brauchten dringend eine Generalüberholung, und ich würde einige der Küchengeräte ersetzen müssen.

„Ich hätte auch gerne einen Zugang vom Gastraum nach draußen“, erklärte ich Jed meine Pläne. „Im Moment kommt man nur in den Garten, wenn man durch die Küche geht oder außen um das Gebäude herum, aber das möchte ich den Gästen nicht zumuten."

„Hmm", antwortete Jed nachdenklich. „Vielleicht könnte man einen Durchbruch durch einen der Lagerräume machen." Er führte mich zurück in den Barbereich, wo ich ihn vorhin an eine Wand klopfen gesehen hatte.

„Pass mal auf." Er hämmerte mit den Fingerknöcheln gegen die Wand.

„Klingt hohl", sagte ich überrascht.

„Ja, genau. Das ist nur eine Trennwand."

„Liegen dahinter denn die Lagerräume?" Ich versuchte, mir den Grundriss vorzustellen.

„Es gibt nur einen Weg, das herauszufinden", antwortete Jed augenzwinkernd. „Wenn ich das nächste Mal komme, bringe ich meinen Vorschlaghammer mit, und dann sehen wir uns das mal genauer an."

„Großartig. Wann hast du Zeit?" Ich bemühte mich, nicht zu eifrig zu wirken, aber es gelang mir nicht.

„Also", murmelte Jed, „für morgen habe ich schon einen Auftrag."

Ich versuchte, mir meine Enttäuschung nicht anmerken zu lassen.

„Aber ich wüsste auch gerne, was hinter dieser Mauer steckt.“ Seine Augen leuchteten. „Wie wäre es, wenn ich morgen nach dem anderen Job vorbeikomme? Am späten Nachmittag?“

„Perfekt“, sagte ich und verfluchte meine geröteten Wangen. „Ich werde mich um die Verpflegung kümmern.“

Kapitel 9

Es war schon eine Weile her, dass ich Männerbesuch empfangen und bewirtet hatte. Am darauffolgenden Mittag marschierte ich ins Dorf, vor allem, um zahlreiche Briefe aufzugeben und einige Rechnungen auf der Post zu bezahlen, aber auch, um ein paar leckere Sachen für das Abendessen zu besorgen.

Rhona begrüßte mich wie eine alte Freundin, die sie lange nicht gesehen hatte, und bot mir das Du an. Gemeinsam besahen wir uns das Gemüse, das hübsch arrangiert in Körben vor ihrem Laden ausgestellt war. „Kannst du deine Küche schon benutzen?“, fragte sie, während ich frische Karotten aussuchte und hoffte, dass sie so süß waren, wie sie aussahen.

„Oh, Rhona. Wenn du wüsstest, in welchem Zustand die sich befindet“, stöhnte ich. „Es ist nicht unbedingt so, dass die Sachen alle Schrott wären, es sieht eher so aus, als wäre seit dreißig Jahren nicht mehr geputzt worden. Es ist echt ekelhaft. Ich habe eine dicke Fettschicht von einem der Herde abgekratzt und den benutze ich jetzt, aber ich bekomme eine Gänsehaut, wenn ich den Raum nur betrete. Außerdem“, ich verzog das Gesicht, „wurde der Tote direkt vor der Küchentür gefunden.“

„Ach du Schreck!“, Rhona schauderte. „Findest du das nicht gruselig? Also ich hätte da echt Schiss.“

Ich schüttelte den Kopf. „Eigentlich nicht.“

Darüber wollte ich nicht weiter nachdenken und wandte mich wieder dem Obst und Gemüse in der Auslage aus. Skeptisch musterte ich die dünnen Rhabarberstängel, die offensichtlich zu früh geerntet worden waren und wahrscheinlich ziemlich sauer schmeckten. Ich blickte zu Rhona auf, um eine Bemerkung dazu zu machen, und erspähte dabei über ihre Schulter hinweg eine Person, die gerade auf das Hay Loft zuging. Talbot-Lloyd. „Um ehrlich zu sein, stören mich die Toten nicht so sehr wie manche der Lebenden, das kannst du mir glauben.“

Rhona folgte meinem Blick und rümpfte die

Nase, als sie Talbot-Lloyd entdeckte. „Ich verstehe, was du meinst“, sagte sie.

Wir schauten ihm hinterher, bis er in dem Gebäude verschwunden war. „Wie dem auch sei, ich wüsste wirklich gerne, *warum* dieser Mann getötet wurde, der hinter meinem Haus lag.“

„Was das Motiv war?“

„Ja.“

Das Bimmeln einer Fahrradklingel ließ mich zusammenzucken. „Guten Tag, Rhona“, rief eine Frau von der anderen Straßenseite und hielt vor der Village Hall, wo Aktivitäten der Dorfgemeinschaft stattfanden. Sie trug ein hellblaues Sommerkleid und einen Strohhut, der mit einem gleichfarbigen Band verziert war. Schwungvoll stieg sie von ihrem Rad ab und winkte uns fröhlich zu. Sie war sicher in den Fünfzigern, und wie sie so dastand, mit den pastellfarbenen Wimpeln, die im Hintergrund an den Türen und Fenstern der Village Hall flatterten, wirkte sie wie eine perfekte Engländerin.

„Tag, Sally“, rief Rhona zurück. Wir sahen zu, wie Sally ihr Fahrrad an der Bank anschloss und im Bürgerzentrum verschwand.

„Heute findet dort ein kleiner Markt des Frauenclubs statt“, teilte mir Rhona mit.

„Frauenclub?“

„Du solltest da gleich mal vorbeischauen und dir ansehen, was die so im Angebot haben. Millicent Ballicott – hast du sie schon kennengelernt?“

Ich nickte.

„Sie macht grandiose Pastasoßen. Ich habe keine Ahnung, was sie da hineintut, aber sie schmecken einfach … magisch.“

„Pastasoßen?“, sagte ich. „Das ist doch mal eine Idee.“ Die könnte ich einfach und schnell zubereiten und hätte so mehr Zeit, um mit Jed zu plaudern – oder ihm zu helfen.

„Und Kuchen gibt es auch“, fuhr Rhona fort. „Die absolut *besten* Kuchen.“

Ich kann vielem widerstehen, aber bei Kuchen konnte ich noch nie Nein sagen. „Ich bin begeistert!“, erwiderte ich. Und das war ich wirklich.

Mit einer Tüte voll von Rhonas frischem Gemüse in der Hand spazierte ich über die Straße zur Village Hall. Innen herrschten reges Treiben und ein überraschender Lärmpegel. Ich konnte mich selbst kaum mehr denken hören! Frauen standen in kleinen Gruppen zusammen, lachten, unterhielten sich und freuten sich über die ausgestellten Leckereien.

Auf der rechten Seite des Saals, der mich an einen großen Klassenraum erinnerte, standen Tische, die mit allen möglichen selbst angebauten oder selbst hergestellten Produkten überladen waren. Ich entdeckte Millicent hinter ihrem eigenen, reich ausgestatteten Tisch, wo sie an einem Stück Kuchen knabberte. Es gab Marmeladen und Essiggurken, Strickwaren, Spitzendeckchen und sogar aus Holz gedrechselte Geschenkartikel. Gleich rechts von mir erstreckte sich die Kuchentheke mit einer enormen Auswahl an ganzen Torten und allerlei anderen Backwaren, genau wie Rhona es prophezeit hatte. Ein Paradies für eine Naschkatze und Kuchenfetischistin wie mich.

„Hallo.“ Sally lächelte breit und löste sich aus ihrem Grüppchen, als ich mich auf die Mitte des Raums zubewegte. „Wir kennen uns noch nicht. Ich bin Sally. Sie sind neu hier in der Gegend, nicht wahr?“ Ihr vornehmer Akzent ließ vermuten, dass sie recht gut betucht sein musste.

„Ja“, antwortete ich. „Ich bin Alf. Mir gehört jetzt das Whittle Inn.“

„Tatsächlich?“, fragte Sally und zog die Augenbrauen hoch. „Ach ja, richtig! Ich hatte von dem Besitzerwechsel gehört. Es freut mich, Sie kennenzulernen, Alf. Lassen Sie mich Ihnen einige Ihrer Nachbarn vorstellen.“ Sie führte mich zielstrebig auf eine Gruppe von Frauen zu und verkündete stolz, wer ich war. In den nächsten zehn Minuten wurde ich mit Fragen über das Gasthaus und über die Leiche, die ich gefunden hatte, bombardiert. Unzählige Male musste ich erklären, dass ich nicht wusste, wer der Mann gewesen war, und dass ich keine Angst hatte, allein dort zu leben.

Schließlich fand ich einen günstigen Moment, um mich ihren Fragen zu entziehen, und huschte zu Millicent hinüber, die weiterhin hinter ihrem Verkaufstisch saß, eine Tasse Tee trank und mit dem Zeigefinger die Kuchenkrümel auf ihrem Teller zerdrückte. Sie schaute zu mir hoch und grinste amüsiert. „Wie ich sehe, hast du neue Freundinnen gefunden.“

Ich lachte auf. „Anscheinend. Sie brennen alle auf eine brisante Geschichte, aber ich glaube, was ich ihnen erzählen konnte, war nicht gerade spannend.“

„Glaub mir, im Vergleich zu dem unspektakulären Leben, das diese Frauen führen, bist du für sie so aufregend wie ein Promi.“

„O je“, seufzte ich, „ich fürchte, ich muss sie enttäuschen.“

„Musst du das?“, entgegnete Millicent und sah

mich herausfordernd an. „Hast du dich entschlossen, das Gasthaus zu übernehmen?“

„Ich bin mir noch nicht hundertprozentig sicher“, gab ich zu. „Aber ich habe noch nicht das Handtuch geschmissen.“

„Gut, denn das wäre eine Schande.“

Ich nickte und begann, die zahlreichen Gläser mit den verschiedensten Soßen zu begutachten, die sie vor sich aufgebaut hatte. Es gab rote, orange, gelbe und braune, manche mit und manche ohne Stückchen. Eine grell grüne fiel mir besonders ins Auge. „Die hast du alle selbst gemacht?“, fragte ich sie.

„Ja. Du hast die Auswahl zwischen Tomate, Tomate und Basilikum, Tomate und Pilze, Tomate und Zwiebel, grüne Paprika und Kräuter sowie Tomate und Paprika. Was magst du am liebsten?“

„Was würdest du mir empfehlen?“, fragte ich und griff nach meiner Handtasche.

„Ich würde Tomate und Basilikum vorschlagen, und dann fügst du dein eigenes Gemüse hinzu“, sagte Millicent und deutete mit dem Kinn in Richtung meiner Tüte, aus der die Einkäufe quollen. „Aber nimm lieber nicht zu viele Zwiebeln. Das mag Jed nicht so gerne.“

Ich starrte sie an. „Er hat dir gesagt, dass er vorbeikommt?“, fragte ich.

Millicent lachte. „Mir entgeht nichts, meine Liebe. Ich halte stets die Ohren offen, was auch immer hier los ist.“

Als ich wieder ins Freie trat, mit meiner Ladung Gemüse und Millicents Glas Nudelsoße in der einen Hand, während ich in der anderen ein Stück Zitronenkuchen mit Zuckerguss balancierte, sah ich Sally, die gerade ihr Fahrradschloss entriegelte. Sie lächelte mir zu.

„Haben Sie etwas Schönes gefunden?“, trällerte sie in genau der gleichen Tonlage wie ihre Fahrradklingel.

„Ich denke schon“, antwortete ich und hatte mich bereits zum Gehen umgewandt, als sie sich zu mir gesellte und ihr Fahrrad zwischen uns schob.

„Es ist sehr mutig von Ihnen, im Whittle Inn zu bleiben, trotz allem, was dort passiert ist.“ Diesen Kommentar hatte ich jetzt schon einige Male gehört.

„Trotz allem?“, fragte ich.

„Nun ja, Sie wissen schon, nach diesem Mord ...“

„Aber es ist doch noch gar nicht mit Sicherheit

raus, dass es ein Mord war, oder?", gab ich zu Bedenken. „Die Polizei untersucht den Fall, konnte jedoch noch keine konkrete Todesursache feststellen. Jedenfalls ist das mein letzter Stand."

„Oh, ja, natürlich", pflichtete Sally mir eilig bei. „Man muss die Ergebnisse der Untersuchung abwarten, nicht wahr?"

„Genau", sagte ich. „Ansonsten war bislang alles friedlich."

„Auch im Wald?"

„Im Wald?" Ich blieb stehen, weil mir der Griff der Tasche in die Hand schnitt. „Was ist damit?"

„Dort wurden schon viele seltsame Dinge beobachtet."

Ich schüttelte verwirrt den Kopf.

Sally fuhr fort. „Merkwürdige Lichter nach Einbruch der Dunkelheit. Seltsame Geräusche. Und schon einige Autofahrer haben berichtet, dass irgendetwas aus den Bäumen direkt vor ihre Autos gesprungen sei."

Ich schnaubte. „Das sind wahrscheinlich bloß Tiere. Rehe vielleicht."

Sally warf mir einen pikierten Blick zu. „Rehe sind aber nicht grün, oder?"

Grün? „Nein, das sind sie in der Regel nicht." Ich unterdrückte ein Kichern und stellte mir den

Shady Wood voller regenbogenfarbener Wildtiere vor.

„Und sie kreischen auch nicht."

Bitte was? Mein Lächeln erstarb. „Nein, das tun sie nicht, soweit ich weiß. Aber ehrlich gesagt, Sally, mir ist nichts Alarmierendes aufgefallen. Erst gestern Abend habe ich den Wald erkundet, und das einzig Ungewöhnliche war eine Eule, die mir nach Hause gefolgt ist. Anscheinend wollte sie sich mal das Gasthaus von außen anschauen, aber sonst war alles ruhig. Vielleicht sind es Füchse, die die Leute hören? Die können nachts ganz schön unheimlich sein."

„Vielleicht haben Sie recht", meinte Sally, doch sie sah nicht überzeugt aus. Sie musterte mich erneut, diesmal mit einem gewissen Misstrauen. Sie dachte wohl, ich hätte mich über sie lustig gemacht, was jedoch keineswegs meine Absicht gewesen war.

„Danke, dass Sie sich um meine Sicherheit sorgen", sagte ich und lächelte sie freundlich an. „Ich werde die Augen offen halten und besonders vorsichtig sein. Kommen Sie doch bald mal vorbei und schauen Sie sich an, was ich so treibe."

Jetzt sah sie besänftigt aus. „Das mache ich gerne", sagte sie. „Aber bei Tageslicht."

Kapitel 10

Der Nachmittag war schnell vergangen, und meine Nudelsoße – mit viel Paprika und Pilzen und wenig Zwiebeln – köchelte auf dem Herd vor sich hin. Auch die Nudeln – zwar nur getrocknete, aber dafür von guter Qualität – waren schon fertig, und dank Rhona hatte ich sogar ein Stück Parmesankäse.

Als ich Jed an der Eingangstür des Gasthauses meinen Namen rufen hörte, drehte ich die Temperatur des Ofens herunter, sodass die Soße auf niedriger Flamme weiter vor sich hin köcheln konnte und eilte in den Barbereich.

„’n Abend.“ Er stellte seinen Werkzeugkasten mitten im Raum auf dem Boden ab, neben den vier großen schwarzen Müllsäcken mit den Tapeten, die ich im Obergeschoss von den Wänden gerissen hatte, und drehte sich zu mir um. Ich trug ein einfaches, dunkelblaues Kleid und die Haare zu einem lockeren Pferdeschwanz hochgebunden. Er musterte mich von oben bis unten, und erst da wurde mir bewusst, dass ich noch meine Kochschürze anhatte und strich mir verlegen über die Hüften.

„Hallo", sagte ich. „Ich koche gerade!" Umständlich wischte ich mir die Hände an der Vorderseite der Schürze ab und hoffte inständig, dass er glauben würde, meine Wangen seien nur so rosa, weil ich in der Küche mit heißen Töpfen und Pfannen hantiert hatte.

„Schön, dass du nicht nur gefaulenzt hast, während ich mich den ganzen Tag abgerackert habe", antwortete Jed mit einem Augenzwinkern. Er trug ein kariertes Hemd über einem mit Farbe bespritzten T-Shirt und eine schwarze Jeans, die schon bessere Tage gesehen hatte. Er sah großartig aus.

„Nein, habe ich nicht. Papierkram heute morgen, dann war ich einkaufen ..." Ich hielt inne und verzog das Gesicht. Es hörte sich nicht so an, als hätte ich mich über die Maßen angestrengt, wo es doch im Gasthaus so viel zu tun gab. Zur Ablenkung deutete ich mit einer ausladenden Geste auf die

Müllsäcke. „Das ganze Zeug da wollte ich eigentlich noch rausbringen, hab's aber nicht mehr geschafft." Ich zuckte mit den Schultern und wechselte rasch das Thema: „Kann ich dir etwas zu trinken anbieten?"

„Tee wäre großartig. Nicht zu milchig mit einem Löffel Zucker?"

„Kein Problem."

„Ich hole meine Leitern aus dem Wagen, und dann fange ich an, die Gipsplatten zu entfernen, okay?" Er klopfte bedeutungsvoll gegen die Wand.

„Mega!", erwiderte ich fröhlich grinsend. „Ich kann es kaum erwarten, zu sehen, was sich dahinter befindet."

„Geht mir genauso." Er verschwand nach draußen, während ich zurück in die Küche flitzte, um den Wasserkocher für den Tee anzustellen und meine Soße umzurühren.

Das Tomatengemisch blubberte heftig auf dem Gasherd, als ich den Deckel abnahm, obwohl ich die Temperatur bereits heruntergestellt hatte, sodass ich den kleineren Ring daneben anzündete und den Topf hinüberschob. *Wenn* ich es wirklich wollte ..., *wenn* ich die Kräfte, die mir in die Wiege gelegt worden waren, und die Fähigkeiten, die ich erlernt hatte, einsetzen, ihnen nachgeben würde ... könnte ich ein paar Spritzer von diesem und jenem hinzugeben ... und Jed mit einem Liebeszauber für mich gewinnen.

Zerknirscht verzog ich die Mundwinkel. Und was hätte das für einen Sinn? Jemanden an sich zu binden, ohne dass dies seinem eigenen Willen entsprach? Nichts ist so magisch – und so mächtig – wie der freie Wille und das eigene Wollen. Nichts so berauschend wie das natürliche Verlangen. Nein, ich würde die Liebe niemals forcieren. Sie musste sich von selbst entwickeln und ihren eigenen Weg finden.

Ich goss den schwarzen Tee, der ordentlich stark war, in zwei Tassen, gab Milch und für Jed einen Teelöffel Zucker hinzu. Dann überprüfte ich noch einmal die Soße, verließ die Küche und huschte über den Flur zur Bar. Jed balancierte hoch oben auf einer Leiter unter der Decke und versuchte angestrengt, mit einem großen Klauenhammer die Gipskartonwand abzureißen. Ich ahnte, was kommen würde, noch bevor es passierte.

Jeds Leitern waren stabil, aber die Gipskartonplatten hartnäckige Biester, die nicht einfach so nachgaben. Als er an einer mit aller Kraft zog, löste sie sich plötzlich, sodass er hintenüberfiel und aufgrund der Wucht regelrecht durch die Luft katapultiert wurde. Die Leiter drehte sich von seinen

Füßen weg und krachte gegen die Wand, während er zu Boden stürzte.

Ich habe nicht einmal nachgedacht, stand nur ganz still da, in jeder Hand eine Tasse Tee, und rief „*Hnescian*", wodurch ein Energieblitz auf die mit den Tapetenresten gefüllten Müllsäcke zuschoss. Sie sausten über die Holzdielen und Jed krachte genau auf sie drauf. Nicht gerade ein Sprungkissen wie bei einem Stunt in Hollywood, aber das Beste, was ich unter den gegebenen Umständen aufbringen konnte. Jed lag regungslos auf dem Rücken, den Hammer noch immer in der rechten Hand, die Augen aufgerissen und den Mund zu einem perfekten O geformt.

Leicht geschockt ging ich auf ihn zu und hielt die Tassen hoch. „Der Tee ist fertig", sagte ich und lachte nervös.

Ich stellte die Tassen auf dem Boden ab und half ihm hoch. Er erhob sich und fuhr sich mit einer staubigen Hand durch sein dunkles Haar. „Was hast du da gerade gemacht?"

„Gegen die Säcke gekickt?" Eine schwache Erklärung, mir war klar, dass er sie mir nicht abkaufen würde.

„Du warst nicht einmal in ihrer Nähe."

„Dann war es wohl der Wind." Ich hätte mich

seinem kritischen Blick gerne entzogen, aber er schaute mich weiterhin durchdringend an.

„Du hast die Säcke bewegt. Was hast du gesagt? Nee-sum? Nee-sun?“ Er versuchte, das Wort nachzusprechen, und schüttelte dann ungläubig den Kopf.

Ich spürte sein plötzliches Misstrauen und hasste es. Solche Situationen hatte ich schon so oft in Gesellschaft von Normalsterblichen erlebt. Vor allem als ich jünger war, hatte mir das arg zu schaffen gemacht. Mittlerweile war ich geschickt darin geworden, mein wahres Ich zu verbergen. Mir drehte sich der Magen um. „Bitte“, sagte ich und hielt ihm zitternd seine Tasse entgegen, „schau mich nicht so an.“

„Wie schaue ich dich denn an?“, entgegnete er abwehrend.

„Als wäre ich irgendwie *anders*, oder noch schlimmer, ein Monster oder so. Ich kann es einfach nicht ertragen.“

Sein Gesicht wurde weicher, und er nahm mir den Tee ab. „Unsinn, das bist du ganz sicher nicht.“

„Vielleicht doch. Zumindest habe ich sehr lange so über mich gedacht – fast mein ganzes Leben lang.“

Er stellte die Leiter wieder richtig hin und legte den Hammer auf die unterste Stufe. Dann nahm er meine freie Hand und führte mich zu den Hockern an der Theke. Während er sich auf einem davon niederließ und die Füße hochzog, setzte ich mich nur halb darauf, sodass meine Zehen die Dielen berührten. Irgendwie hatte ich das Gefühl, eine feste Verbindung zum Boden zu brauchen.

„Ich verstehe das nicht“, sagte er leise und schaute zur Leiter hinüber. „Könntest du es mir erklären? Also, ich will nicht neugierig sein, es ist dir ja anscheinend unangenehm, aber …“ Er deutete mit dem Kinn auf die schwarzen Müllsäcke. „Mal ehrlich, was war das eben?“

Ich nickte und starrte auf den milchigen Tee in meinem Becher. Wir können eben alle nicht aus unserer Haut, oder? Man kann vielleicht vor sich selbst davonlaufen, aber verstecken kann man sein wahres Ich nicht.

„Ich bin eine Hexe“, sagte ich, und es fühlte sich gut an, ihm das zu gestehen. Jed sah mich prüfend an, und als ich nickte, machte er ein fragendes Gesicht.

„Ja, das bin ich. Obwohl es mir widerstrebt. Meine Mutter war auch eine Hexe, eine mächtige noch dazu. Und mein Vater war ein außergewöhnlicher Zauberer, zumindest nach dem, was ich gehört habe.“

„Du bist eine Hexe?“ Jed kratzte sich am Kopf und musterte mich erneut von oben bis unten. Dann stieß er einen überraschten Pfiff aus. „Ich bin … na ja … ich wusste nicht, dass es so etwas wirklich gibt.“

„Gibt es.“

Jeds Blick wanderte zur Leiter hinüber. „Ich verstehe.“ Er lachte und klang nervös. „Und du kannst … zaubern?“

„Nicht wirklich. Theoretisch sollte ich zwar zu einigen Dingen fähig sein, aber das bin ich nicht. Ich bin wie dieses Haus – ein bisschen verschroben und alles andere als perfekt. Im Grunde solide, aber ein ziemliches Durcheinander. Irgendwie schräg eben.“

„Du bist eine schräge Hexe?“, fragte Jed, und ich war erleichtert, dass seine Augen amüsiert funkelten und keine Missbilligung in ihnen lag.

„Die allerschrägste“, erwiderte ich.

„Ach was, das glaube ich nicht“, gab er mit ruhiger, tröstlicher Stimme zurück. Dann nahm er mir die Teetasse ab, stellte sie auf den Tresen und ergriff meine Hände.

„Doch, das kannst du mir glauben“, seufzte ich und genoss seine warme Berührung.

„Wie kannst du das sagen, wo du mich doch gerade gerettet hast? Bei dem Sturz hätte ich mich sonst wahrscheinlich übel verletzt.“

„Ich vermeide es, irgendetwas zu tun, das auch nur im Entferntesten an eine Hexe erinnert“, antwortete ich. „So zu sein, zu denken und zu fühlen.“

„Aber warum?“ Als ich mit den Schultern zuckte, drückte Jed meine Hände und deutete mit einem Nicken noch einmal auf die Stelle, an der er von der Leiter gekracht war. „Offenbar gelingt dir das nicht immer.“

Er versuchte, mich aufzumuntern, und ich war froh, dass er die Neuigkeiten so gut aufzunehmen schien. Jedoch konnte er nicht ahnen, wie lange ich mich bereits verzweifelt darum bemühte, das Unvermeidliche zu vermeiden. Ich spürte, dass er auf eine weitere Erklärung wartete, und schluckte schwer, unsicher, ob ich ihm diese geben sollte. Seine Augen ruhten auf mir, und ich beschloss, es so einfach wie möglich zu halten: „Vor achtzehn Jahren, als ich zwölf war, hatte ich einen Streit mit meinem Vater. Es ging nur um eine Kleinigkeit. Lächerlich eigentlich. Er wollte, dass ich meine Hausaufgaben mache. Ich hingegen wollte mit einer Freundin spielen, Fahrrad fahren oder so. Er war der Meinung, das könne ich nachher machen. Deshalb war ich wütend auf ihn, wir haben gestritten, und zur Strafe hat er mir daraufhin gesagt, dass ich auch nach den Hausaufgaben nicht rausgehen dürfe.“

Noch immer konnte ich mich an den Tag erinnern, als wäre er gestern gewesen. Ich hatte geheult wie ein Schlosshund, herumgeschrien und einen Wutanfall bekommen, wie es nur eine vorpubertäre Zwölfjährige kann. „An jenem Tag hatte er wenig später einen Termin, und ich beobachtete ihn vom Fenster meines Zimmers aus. Als er die Straßenecke erreichte ... kurz bevor er aus meinem Blickfeld verschwand ...“

Ich schluckte, weil der Kloß in meinem Hals immer dicker wurde, kämpfte gegen die Tränen an und hatte wieder das Bild vor Augen, wie er an der Ecke innehielt und sich umdrehte, um mir zu winken, so wie er es oft getan hatte. „Ich habe ihn verflucht“, flüsterte ich. „Wenn ich nicht rausgehen darf, darfst du nicht zurück nach Hause kommen, habe ich ihm hinterhergezischt“

Jed schwieg, wartete, dass ich fortfuhr, und suchte meinen Blick.

„Und das hat er nie getan. Ich habe ihn nie wieder gesehen.“

Nun liefen mir Tränen über die Wangen, ich schluchzte laut auf und weinte bitterlich. Die Erinnerung an dieses schmerzvolle Ereignis, das ich heraufbeschworen hatte, fühlte sich noch genauso real und quälend an wie damals, obgleich es schon so viele Jahre zurücklag. Jed rutschte von seinem Hocker und nahm mich in den Arm, woraufhin ich mir die Reue und den Hass auf mich selbst erst recht aus dem Leib heulte, bis sein T-Shirt völlig durchnässt war.

Als ich mich ein wenig beruhigt hatte, trat er zurück und betrachtete mich mit besorgter Miene. „Es ist aber doch gar nicht sicher, dass das, was du damals gesagt hast, der Grund für das Verschwinden deines Vaters war. Es könnte ihm alles Mögliche zugestoßen sein."

„Ich weiß", schniefte ich traurig. „Aber als ich meiner Mutter gestand, was ich getan hatte, den Fluch, den ich ausgesprochen hatte, hat sie mir die Schuld gegeben. Ich habe nie wieder etwas von ihm gehört und nie erfahren, was mit ihm geschehen ist. Und eines weiß ich gewiss, das kannst du mir glauben: Wenn es ihm möglich gewesen wäre, nach Hause zu kommen, hätte er das getan. *Ich weiß*, dass er das getan hätte."

Jed umarmte mich erneut, weil mir schon wieder die Tränen in die Augen stiegen. „Seitdem – obwohl meine Mutter und die Elder mich gedrängt haben …"

„Die Elder?“

„Ältere Mitglieder unseres Hexenzirkels – seitdem habe ich jeglichem Druck widerstanden, dem nachzugeben, was sie als ‚meine Berufung‘ bezeichnen. Dass ich nicht lache.“

„Ich verstehe.“ Jed strich mir über den Rücken. „Aber das tut es, nicht wahr? Ich meine, es ruft nach dir. Ich spüre das. Alles an dir. Deine Energie. Die Art, wie du aussiehst. Das Leuchten in deinen Augen. Selbst jetzt, wo du so traurig bist ... hast du etwas Magisches an dir.“

„Ist das so?“, fragte ich und hätte es nur zu gerne abgestritten, stattdessen drehte ich den Kopf weg, damit er mich nicht mehr ansehen konnte.

Jed drückte mein Kinn sanft nach oben. „Ja“, raunte er, beugte sich zu mir herunter und küsste mich sanft auf die Lippen.

Es war ein warmer, wolkenloser Abend. Wir saßen auf der Treppe vor dem Haus, jeder mit einer Schüssel Nudeln auf den Knien und einem Glas Wein neben sich. Der Mond war aufgegangen, und ein Stern nach dem anderen kam zum Vorschein.

„Weißt du, was ich denke?“, sagte Jed. „Dieses

Gasthaus könnte dein Lebenswerk sein, du könntest dich darin verwirklichen."

„Es könnte aber auch mein Verderben sein", antwortete ich und schob mir die Spaghetti so manierlich wie möglich in den Mund.

„Sieh es doch mal so. Jahrelang hast du verleugnet, wer du wirklich bist. Du hast dir selbst keinen Raum gegeben, dich auszudrücken. Sowas ist für niemanden gesund."

„Du klingst wie ein Psychologe oder so", erwiderte ich und fragte mich, wie Jed es schaffte, zu essen und zu reden, ohne etwas von seinem Essen zu verkleckern.

„Ich habe tatsächlich Psychologie studiert. Schön zu hören, dass etwas hängen geblieben zu sein scheint", meinte Jed und lachte.

„Du hast einen Uni-Abschluss?", fragte ich ungläubig. „Warum verdienst du dann dein Geld damit, Wände einzureißen?"

„Tja, ich bin eben auch der Familientradition gefolgt, wie du."

„Im Gegensatz zu mir, meinst du wohl", antwortete ich grinsend.

Jed schüttelte den Kopf. „Du kannst es leugnen, so viel du willst, aber du hast mir heute gezeigt, wozu du fähig bist. Wenn du die Kräfte, die du hast, nicht einsetzen wolltest, hättest du mich nicht gerettet."

„Ich wünsche mir langsam, ich hätte es nicht getan." Ich wedelte theatralisch mit der Gabel vor seiner Nase herum.

„Weißt du, Alf, die Sache ist die: Es macht mir wirklich Spaß, Wände einzureißen, Tapeten zu entfernen, Räume neu zu streichen und solche Sachen. Das ist einfach genau mein Ding. Mein Studium war großartig, aber ich hatte keine Ahnung, was ich danach mit mir anfangen sollte. Es gab nichts, wofür ich brannte, keine echte Leidenschaft. Deshalb bin ich nach Whittlecombe zurückgekehrt, um meinem Vater zu helfen, bin quasi bei ihm in die Lehre gegangen. Und hier bin ich nun."

„Hier bist du", wiederholte ich. „Und bist du glücklich?"

„Ich war noch nie glücklicher!" Das heitere Lächeln, das er mir schenkte, ließ keinen Zweifel daran, dass dem so war. Er strahlte Gelassenheit und eine rundum positive Energie aus.

Schweigend verdrückten wir den Rest der Pasta, bis er leise, beinahe vorsichtig fragte: „Was ist mit dir? Hast du auch eine Art Lehre absolviert?"

„Du meinst, ob ich auf meine Rolle als Besitzerin eines Gasthauses vorbereitet bin?"

„Nein“, entgegnete er mit einem schelmischen Unterton. „Auf deine Rolle als Hexe.“

„Wie in Hogwarts, meinst du?“ Ich gluckste. Offenbar würde er das Thema nicht so schnell fallen lassen. Aber ich konnte es ihm nicht verdenken, denn womöglich war es das Merkwürdigste, was er je gehört hatte.

Ich seufzte, fasste mein langes Haar zu einem Pferdeschwanz zusammen und zwirbelte ihn gedankenversunken. Zögerlich schnalzte ich mit der Zunge, weil ich nicht so recht wusste, was ich ihm sagen sollte, damit er zufrieden war und mich damit in Ruhe ließ.

Andererseits wollte ich gar nicht, dass er mich in Ruhe ließ. Im Gegenteil, ich genoss seine Gesellschaft, sehr sogar.

„Nicht ganz“, antwortete ich schließlich. „Ich bin auf keine besondere Schule gegangen, aber an den Wochenenden besuchte ich Kurse, die die Elder in London anboten. Nachdem mein Vater verschwunden war, habe ich versucht, mich vor diesem Unterricht zu drücken. Für meine Mutter war das enorm frustrierend, aber ich wollte weder meine magischen Kräfte ausüben noch meine Fähigkeiten verbessern. Mit sechzehn hatte ich dann endgültig genug und bin überhaupt nicht mehr hingegangen."

Jed nickte. „Ich kann verstehen, warum du Abstand von alldem brauchtest." Er zögerte. „Heißt das, wenn du weiter an diesen Kursen teilgenommen hättest, wärst du eine mächtige Hexe geworden? Mächtiger, als du es jetzt bist?"

Ich zog die Stirn in Falten, während vor meinem inneren Auge Bilder meiner Vergangenheit auftauchten, von der städtischen Schule, die ich in Somerset besucht hatte, und den Spezialkursen in der Celestial Street. Nach all den Jahren war vieles in meinem Gedächtnis verstaubt, doch ich verspürte auch eine gewisse Nostalgie beim Gedanken an die ein oder andere Begebenheit, obwohl diese vielleicht nur rückblickend schön war. Ich erinnerte mich an die alten Lehrer, ihre weisen, faltigen Gesichter, wie interessiert sie stets an ihren Schülern waren und mit wie viel Begeisterung sie versuchten, ihr Wissen weiterzugeben und das, was ich bereits in mir trug, zu fördern. Für einen Moment sah ich Shadowmenders wohlwollend lächelndes Gesicht vor mir.

Langsam und geräuschvoll atmete ich aus und verscheuchte die Erinnerungen aus meinem Kopf. „Das ist kompliziert", antwortete ich Jed schließlich. „Es ist so: Hexen und Zauberer besitzen eine angeborene Gabe, aber man muss lernen, damit umzugehen, und üben, sie anzuwenden. Ich trage diese Kräfte in mir, gewisse übersinnliche Fähigkeiten, beispielsweise kann ich auf besondere Weise mit anderen Wesen kommunizieren, aber mir fehlen Kenntnisse in bestimmten Fertigkeiten, wie das Zubereiten von Zaubertränken, Kräuterkunde und dergleichen. Das, was du vorhin miterlebt hast, war eine sehr instinktive, ursprüngliche Reaktion, die tief aus meinem Inneren kam. Das meiste, wozu ich durch meine Kräfte in der Lage bin, kann ich bewusst steuern. Diese Kräfte habe ich eigentlich im Griff. Und ich halte sie gut versteckt."

„Aber im Notfall brechen sie aus dir heraus?"

„Es sieht ganz danach aus." Nachdenklich schwenkte ich mein Weinglas hin und her. Jed griff nach der Flasche und füllte es auf, nicht aber sein eigenes. Er musste natürlich noch fahren.

„Welche Fähigkeiten *hast* du denn?"

„Dinge bewegen, zum Beispiel, wie du ja schon gemerkt hast. Als Kind habe ich anderen Leuten oft Streiche damit gespielt – Gegenstände verschoben oder plötzlich verschwinden lassen. Das war ein bisschen gemein. Oh, und ich habe es immer geliebt, mit Tieren zu kommunizieren – das hat Spaß gemacht. Ich kann auch mit Geistern reden. Das macht zwar weniger Spaß, aber dafür habe ich meist keine Angst vor der Dunkelheit oder vor den Toten. Deshalb macht es mir nichts aus, hier im Gasthaus allein zu sein, auch wenn alle meinen, das sei keine gute Idee."

„Ja, unten im Dorf denken alle, dass du extrem mutig bist, vielleicht sogar ein bisschen verrückt."

„Nein, echt?"

„Jep. Aber nach allem, was ich so gehört habe, dachten viele der älteren Dorfbewohner, die deinen Vater noch kannten, genauso über ihn, und das gilt auch für deine Urgroßmutter – du bist also in guter Gesellschaft."

Bei dem Gedanken musste ich lächeln. „Na gut, damit kann ich leben."

„Und was beherrschst du nicht?"

Ich verdrehte die Augen. „Wenn ich dir das verrate, kennst du ja meine Schwächen." Das war ein Scherz, aber ich dachte trotzdem über die Frage nach. Was hatte man mir nicht beigebracht? „Ich bin keine große Hexe. Mein Vater und meine Mutter waren beide unglaublich gut, obwohl meine Mutter ihre Magie nur selten einsetzte. Sie sagte, sie sei gefährlich. Und dass man sie auf abscheuliche Weise benutzen könne. Ich kann mit meiner keine Menschen verhexen, und dank meiner Mutter war ich immer sehr vorsichtig damit, meine Gabe zu meinem eigenen Vorteil zu nutzen."

„Du könntest sie also nicht benutzen, um dir Reichtum zu verschaffen?"

„Vielleicht könnte ich das, aber ich habe es nie versucht. Du hättest die Bruchbude sehen sollen, in der ich in London gewohnt habe. Die Bezahlung in der Gastronomie ist lausig, selbst in unserer Hauptstadt. Mein Zimmer war eher eine Art Verschlag. Und außerdem, sieh dich doch mal um." Ich deutete auf den Hof und das umliegende verwilderte Grundstück, das dringend Pflege nötig hatte. „Ich *bin* jetzt reich. Ich habe all das hier!"

„Enormes Potenzial."

„Ich oder der Gasthof?", erwiderte ich mit einem kecken Grinsen.

„Ha-ha", gab Jed zurück und rutschte auf der Stufe zu mir herüber, sodass sich unsere Hüften und Schultern berührten. „Sowohl als auch natürlich. Ich denke, du wirst aus dem Laden hier in kürzester Zeit ein Schmuckstück machen."

„Schön, dass wenigstens einer daran glaubt. Ich hoffe nur, dass er genug abwirft, damit ich die vielen Rechnungen bezahlen kann", sagte ich. „Und manchmal habe ich schon Bedenken, ob ich in der

Lage sein werde, ein solch großes Unternehmen allein zu führen."

„Man muss Vertrauen in sich selbst haben. Das ist schon die halbe Miete."

„Das ist wohl wahr."

„Hoo-hoo!", tönte eine tiefe Eulenstimme aus der Nähe und schien meine Worte zu wiederholen. *Wohl wahr*!

Jed zuckte zusammen. Ich legte meine rechte Hand beruhigend auf seinen linken Unterarm, damit er sich nicht zu hastig bewegte. „Da drüben sitzt er", flüsterte ich. „Zu deiner Rechten. Das ist ein Freund von mir."

Jed spähte angestrengt in die Dunkelheit und entdeckte die Eule schließlich auf der Dachrinne über dem Erkerfenster. „Wow!", raunte er. „Echt ein Freund von dir?"

„Er stattet mir regelmäßige Besuche ab."

„Er? Hast du ihm noch keinen Namen gegeben?"

„Warum sollte ich das tun? Er hat sicher einen."

„Du weißt aber, dass es ein Er ist?"

„Ja." Dessen war ich mir sicher.

„Wie heißt *er* denn?"

Ich schüttelte den Kopf. „Keine Ahnung. Ich habe ihn nicht gefragt."

„Dann fragen wir ihn doch jetzt."

Ein Teil von mir wollte das auf keinen Fall. Ich war kein Kind, das einen Zaubertrick vorführt, und meine magischen Fähigkeiten zur Schau stellen, wollte ich schon gar nicht. Doch gleichzeitig gab es einen anderen Teil in mir, und der war neugierig.

„Frag du ihn", sagte ich. „Aber verscheuch ihn nicht."

„Spricht er Englisch?"

„Er spricht Eulisch, aber ich habe dir ja eben schon gesagt, dass es bei der Magie vor allem auf den eigenen Willen ankommt, die Intention, die dahintersteht."

Jed spitzte die Lippen und sah mich an, dann wieder zu der Eule. „Hey, Mr. Eule. Wie ist Ihr Name?"

Der eindrucksvolle Vogel blickte regungslos in unsere Richtung und musterte Jed misstrauisch. Ich lächelte ihn an. „Wie ist dein Name?", fragte ich. „Das würde ich auch gerne wissen."

Er drehte den Kopf zu mir. „Hoo-ooo. Hoo-ooo. Hoo-ooo. Hoo-ooo."

„Was hat er gesagt?", fragte Jed.

„Grimbleweed Clutterbeak."

„Du willst mich auf den Arm nehmen, oder?"

Ich lachte vergnügt. „Er sagte, du kannst ihn Mr. Hoo nennen.“

„Also gut, Mr. Hoo“, wandte Jed sich wieder an sein Gegenüber und neigte den Kopf. „Es ist mir eine Ehre.“

„Hoo-ooo. Hoo-ooo. Hoo-oooo.“

„Auch er freut sich, dich kennenzulernen“, übersetzte ich seine Worte. Doch das hatte er gar nicht gesagt. Er hatte mich gewarnt, ich solle vorsichtig sein.

Später an diesem Abend, auf dem Weg ins Bett, blieb ich an einem Fenster stehen und starrte auf den Wald, während ich über Mr. Hoo nachdachte. Plötzlich wurde meine Aufmerksamkeit auf etwas gelenkt, das sich dort draußen bewegte. Sofort stellten sich die Haare in meinem Nacken auf. Um besser sehen zu können, löschte ich die Nachttischlampe und trat näher an die Scheibe heran. Einen Moment lang glaubte ich, ein wirbelndes rotes Licht im Wald zu erkennen, das etwa die Größe und Form einer Discokugel hatte. Es schien eine Weile in der Luft zu schweben, bevor es sich blitzschnell entfernte und unter dem Blätterdach verschwand. Gebannt wartete ich ab, ob es wieder auftauchen würde, aber nichts geschah. Wahrscheinlich hatte ich es mir doch nur eingebildet.

Trotzdem hämmerte mein Herz noch lange in meiner Brust, bevor ich endlich einschlafen konnte, und in meinen Träumen wurde ich von einem toten Mann mit einem funkelnden roten Ring heimgesucht.

Kapitel 11

Am nächsten Abend gelang es Jed und mir, also, im Wesentlichen Jed, die Zwischenwand in der Bar zu durchbrechen. Wie er vermutet hatte, war dort früher einmal ein einziger großer Gastraum in L-Form gewesen, der jedoch abgetrennt worden war, um neben der Küche ein Lager zu schaffen. Ohne die Trennwand wirkte es viel geräumiger, und obendrein war hinter den Gipsplatten auch ein wunderschöner offener Kaminofen zum Vorschein gekommen, der so riesig war, dass Jed und ich uns nebeneinander hineinstellen und den Schornstein hinaufblicken konnten.

„Glaubst du, der funktioniert noch?“, wollte ich von Jed wissen, der in das düstere Loch nach oben blickte.

„Im Moment wahrscheinlich nicht, aber ich denke, ein Schornsteinfeger wird uns das genau sagen können, wenn er sich das auf dem Dach anschaut."

„Gibt es noch Schornsteinfeger?", fragte ich ungläubig.

Jed lachte. „Ja, natürlich. Ich glaube nicht, dass schon jemand einen selbstreinigenden Kamin erfunden hat."

„Klar doch, das nennt man Zentralheizung", konterte ich schmunzelnd. „Und gibt es auch noch Schornsteinfeger, die singend über Dächer tanzen?"

„Nicht mehr gesehen seit Mary Poppins."

Wir kicherten beide und wandten uns wieder dem Raum zu. Es war ein erfolgreicher Arbeitstag gewesen. Ich hatte einige Tabellen auf dem Laptop angelegt, um meine Finanzen zu sortieren, und auch mit der Planung der notwendigen Arbeiten am Gasthaus *und* an den Cottages im Dorf hatte ich begonnen. Nach dem Mittagessen war ich erneut den alten Tapeten zu Leibe gerückt. Ich genoss diesen Prozess – Schicht für Schicht der Vergangenheit zu entfernen, das alte Zeug rauszuschmeißen und Platz für einen neuen Anfang zu schaffen.

Ich schüttelte mir den Staub aus den Haaren

und fühlte mich mehr als nur ein wenig müde. „Ach, Mist“, stöhnte ich. „Es ist wirklich schon spät, und ich habe noch nicht einmal daran gedacht, dir etwas zu essen anzubieten. Tut mir leid.“

„Hey, kein Problem!“, erwiderte Jed. „Ich erwarte nicht, dass du für mich kochst, nur weil ich abends hier bin.“

„Ich weiß, aber ...“

„Kein Aber. Lass uns doch gleich ins Hay Loft gehen. Mal schauen, was es dort so gibt. Das Essen ist zwar manchmal eher mäßig, aber mit einem Sandwich kann man nicht viel falsch machen, oder?“

Widerwillig stimmte ich zu, und nachdem ich mich kurz frisch gemacht hatte, ging ich mit Jed nach draußen. „Ihre Kutsche steht bereit, Mylady.“ Jed verbeugte sich theatralisch.

Ich zog leicht irritiert die Augenbrauen hoch und kletterte in seinen ramponierten Kastenwagen. Der hatte sicherlich schon einige Jahre auf dem Buckel, aber vor allem waren es wohl die rumpeligen engen Straßen in der Gegend um Whittlecombe, die ihre Spuren hinterlassen hatten. Wenn man hier mit einem Auto unterwegs war, das größer als ein Fiat 500 war, würden sich gelegentliche Schrammen und Beulen kaum vermeiden lassen.

Im The Hay Loft war nicht besonders viel los, sodass wir uns einen Tisch aussuchen konnten. Die Speisekarte an sich bot nicht viel, worauf ich Appetit gehabt hätte, also schlenderte ich zur Tafel mit der Tageskarte hinüber, die über dem momentan nicht befeuerten Kaminofen hing, während Jed an der Bar Getränke für uns bestellte.

Es bedurfte keines sechsten Sinnes, um zu bemerken, dass mich jemand anstarrte. Ich drehte mich um und erblickte einen großen Mann mit rotem, finsterem Gesicht, der in der Tür stand. Er hatte einen deutschen Schäferhund an der Leine, und beide betrachteten mich nicht gerade freundlich.

„Hallo“, grüßte ich ihn, fest entschlossen, mich von seiner offensichtlichen Feindseligkeit nicht einschüchtern zu lassen.

Der Mann gab ein Schniefen von sich, zerrte den Hund hinter sich her und verschwand hinter der Theke. Weniger als eine Minute später kehrte er zurück.

„Alles klar, Lyle?“, fragte Jed.

„Jed.“ Lyle nickte teilnahmslos. „Was kann ich dir bringen?“

„Zwei Pints Otter, bitte. Ich habe Alf versprochen, dass sie heute unsere köstlichen lokalen Biersorten kennenlernen wird."

„Was treibst du dich mit ihr herum?", knurrte Lyle, als ob ich nicht in Hörweite stünde. Jed runzelte die Stirn. „Seid ihr etwa zusammen?", fragte er.

„Ich arbeite im Moment für sie. Alf ist neu hier, und ich möchte, dass sie sich willkommen fühlt." Jeds Stimme klang ein wenig gereizt. „Okay?"

„Ich weiß nicht", murmelte Lyle mit zusammengekniffenen Augen. „Das werden wir sehen."

„Lyle …"

„In einem kleinen Ort wie Whittlecombe braucht man keine Konkurrenz, denke ich. Ihr Geschäft ist schädlich für mein Geschäft."

„Komm schon, Lyle. Das Whittle Inn gibt es schon seit Jahrhunderten, länger als das Hay Loft, also wenn überhaupt, dann ist es das Whittle Inn, das hier eine Existenzberechtigung hat."

„Das mag sein, aber es gibt einen Grund für die Schließung. Die Leute wollen etwas Anspruchsvolleres. Das werden sie im Whittle Inn nicht bekommen."

Jed öffnete den Mund, um etwas einzuwenden, doch ich stieß ihn sanft mit dem Ellbogen an. „Komm", sagte ich. „Setzen wir uns nach draußen."

Während Jed die Getränke bezahlte, stierte Lyle mich an. „Dein Hof ist eine Todesfalle“, sagte er. „Es würde mich nicht wundern, wenn er bis auf die Grundmauern abbrennt.“

Ich schäumte vor Empörung, aber Jed stupste mich an, woraufhin ich ihm in den Biergarten folgte. Seine bebende Kinnlade verriet mir, dass er ebenfalls wütend war, und sobald wir uns an einen Tisch gesetzt hatten, entschuldigte er sich für Lyles Verhalten.

„Ach Quatsch“, winkte ich ab, „an seiner Stelle würde ich mich auch ein bisschen aufregen, wenn ich seit Jahren das einzige Gasthaus im Ort gehabt hätte und auf einmal Konkurrenz auftaucht.

„Er fühlt sich von dir bedroht.“

„Er fühlt sich durch mein *Gasthaus* bedroht, ja. Aber *ich* bin keine Bedrohung für ihn, und ich bin mir auch nicht sicher, ob das Whittle Inn wirklich eine sein wird.“

Jed musterte mich nachdenklich. „Beunruhigt es dich, zu wissen, dass es Leute gibt, die nicht wollen, dass du Erfolg hast?“

„Es fühlt sich nicht gerade toll an, das gebe ich zu. Aber ich werde mich davon nicht abhalten lassen.“

„Waren noch andere Leute unhöflich zu dir in den letzten Tagen? Haben sie dich …“

„… feindselig angeglotzt, als gehöre ich nicht hierher? Als wäre ich nicht erwünscht?“ Ich biss mir auf die Lippe und dachte an meine jüngsten Begegnungen mit den Einheimischen. „Im Großen und Ganzen waren alle sehr nett. Nur dieser Lyle nicht. Oh, und der Landvermesser, der bei mir vorbeikam, war ein seltsamer Kerl. Sehr unfreundlich. Und dann war da noch Talbot-Lloyd, dieser unglaubliche Charmebolzen“, ergänzte ich sarkastisch.

„Meinst du, einer von denen würde dir Schaden zufügen?“, fragte Jed besorgt, aber ich schüttelte den Kopf.

„Kann ich mir nicht vorstellen. Wie schon gesagt, ich glaube, ihr Unmut richtet sich gegen das Gasthaus, nicht gegen mich persönlich.“ So ganz überzeugt war ich jedoch nicht, ob das stimmte, nicht zuletzt wegen Talbot-Lloyds Anspielungen, dass ich ja wohl noch sehr jung sei.

„Okay, sie wollen dir vielleicht nichts Böses, aber sie würden sich freuen, wenn das Gasthaus verkommt und nie wieder eröffnet wird.“

„Das kann ich nicht genau sagen.“

„Und der Mord …“

„Es ist noch nicht bestätigt, dass es ein Mord war, dafür fehlen bislang konkrete Beweise."

„Aber es ist durchaus möglich", erwiderte Jed. „Die Leiche hinter deinem Haus könnte eine Art Warnung darstellen. Vielleicht wollen sie, dass du dir noch mal gut überlegst, ob du das Whittle Inn wirklich wieder eröffnest."

Natürlich war mir dieser Gedanke auch schon gekommen.

„Wir sollten keine voreiligen Schlüsse ziehen", wiederholte ich. „Wenn die Polizei etwas Konkretes gefunden hat, wird sie es mir sicher mitteilen."

Die Begegnung mit Lyle hinterließ bei mir einen bitteren Nachgeschmack, und so war es kein Wunder, dass ich die halbe Nacht mit Verdauungsproblemen wach lag. Irgendwann gegen drei Uhr morgens quälte ich mich erschöpft erneut aus dem Bett, um ins Bad zu gehen. Das Mondlicht erhellte die Räume, sodass ich mir nicht die Mühe machte, ein Licht einzuschalten.

Als ich plötzlich eine blasse Gestalt erblickte, entfuhr mir ein Aufschrei. Eine Frau lungerte an der Tür zu meinem Schlafzimmer herum. Sie trug ein dunkles Abendkleid und hatte ihr Haar kunstvoll um den Kopf gewickelt. Und sie kam mir irgendwie bekannt vor.

„Habe ich dich erschreckt?“, fragte sie, als ich mich wieder gefasst hatte.

„Nur ein bisschen! Wie bist du hier reingekommen?“ Ich huschte zum Bett zurück und tastete nach meinem Morgenmantel.

Sie sah sich verwirrt um. „Durch die Haustür, denke ich. Ich erinnere mich nicht mehr.“

„Du erinnerst dich nicht mehr daran?“

„Das ist schon eine Weile her.“

„Du kannst nicht einfach in meinem Haus herumspazieren, ohne mich vorher um Erlaubnis zu fragen.“ Ich zog mir den Morgenmantel über und verknotete die Kordel.

„Dein Haus?“, erwiderte sie in einem hochmütigen Tonfall. „Ich denke, du wirst schon sehr bald feststellen, dass dies *mein* Haus ist.“

Erneut betrachtete ich ihre Kleidung und ihre blasse Haut, und mir wurde klar, was hier ablief.

„Du kannst nicht hier sein“, sagte ich mit fester Stimme.

„Was meinst du? Natürlich kann ich das. Ich bin schließlich hier! *Du* bist es, die nicht hier sein sollte.“

„Du bist ein Geist.“

„Absurd“, erwiderte die Frau und schwebte in die Mitte des Zimmers.

„Ich habe dich nicht herbeigerufen“, erklärte ich ihr betont freundlich, „also solltest du nicht hier sein.“

Mit Freundlichkeit kam ich bei ihr allerdings nicht weiter. „Was für eine Unverschämtheit! *Du* hast *mich* nicht herbeigerufen? Im Gegenteil, *ich* habe *dich* nicht herbeigerufen! *Du* bist der Geist, der nicht hier sein sollte. Und ganz sicher solltest du nicht in *meinem* Bett schlafen.“ Sie richtete sich zu ihrer vollen Größe auf und funkelte mich aus grünen Augen an.

Ich öffnete den Mund, um zu protestieren, schloss ihn dann jedoch wieder. *Ihr Bett*? Hatte sie vorgehabt, hier zu schlafen?

Zaghaft streckte ich die Hand aus, um sie zu berühren, griff jedoch ins Leere.

„Schau dich um“, sagte ich. „Was siehst du? Ist das dein Zimmer, so, wie du es kennst?“

Die Frau schimpfte und wirbelte herum, ihre Röcke flogen. „Ja! Ja natürlich.“ Doch dann zögerte sie. Ich beobachtete, wie sie die Wände musterte und sich der Stelle näherte, an der ich die Tapete abgerissen hatte. „Was hat das zu bedeuten? Hast du das gemacht? Ich habe diese Tapete von einem chinesischen Künstler bemalen lassen. Sie war *sehr* teuer." Sie warf mir einen bösen Blick zu, drehte sich um und entfernte sich einige Schritte. „Und wo ist meine Kommode?"

Einen Augenblick später stürzte sie sich in ihrer Frustration auf mich. „Was hat das zu bedeuten? Ich werde Lulubelle rufen und dich entfernen lassen." Sie griff nach etwas, vielleicht nach einer Glocke, mit der sie einst ihr Hausmädchen herbeordert hatte, aber da war nichts. Sie hielt inne, schlug die Hände über dem Kopf zusammen und starrte mich plötzlich angsterfüllt an. „Sie ist weg. Alles hat sich verändert. Außer dem Bett. Das ist noch dasselbe. An derselben Stelle."

„Es tut mir leid", sagte ich leise. Es musste ziemlich hart sein, festzustellen, dass man sowohl tot als auch ein Geist war.

„Oh", sagte sie und ließ die Schultern hängen. „Ich bin schon so lange wach. Ich bin so müde. Ich wollte mich einfach nur hinlegen."

„Du kannst dich hier hinlegen." Ich deutete auf das Bett. „Mach es dir gemütlich. Ich bin in einer Minute zurück."

Sie trat an mir vorbei und setzte sich auf das Bett. Ich schloss die Tür des Badezimmers, um in Ruhe aufs Klo gehen zu können.

Als ich die Tür wieder öffnete, war sie verschwunden.

Am nächsten Morgen stieg ich noch vor dem Frühstück auf den Dachboden, um mir die Bilder genauer anzusehen, die ich dort entdeckt hatte. Ganz oben auf dem mit einem Laken abgedeckten Stapel lag das Porträt der Frau, die mich in der Nacht besucht hatte. Ich erkannte sie sofort an den kunstvoll geflochtenen Zöpfen, die sie fest um den Kopf gewickelt trug. Sie war eine imposante Person, mit der man es sich wohl besser nicht verscherzte, doch gleichzeitig lag eine gewisse Verletzlichkeit in ihren Augen. Ich zog das Bild unter dem Laken hervor und wischte behutsam mit einem Staubtuch über den Rahmen. Am unteren Rand befand sich eine kleine, goldene Plakette, auf der stand: *Alfhild Gwynfyre Daemonne.* Mit einem Anflug von Rührung wurde mir klar, dass dies meine Urgroßmutter sein musste.

Jetzt war ich traurig, ihr nur so flüchtig begegnet zu sein und wünschte, ich hätte mehr Zeit gehabt, mit ihr zu sprechen. Damit hatte ich auch den Beweis, dass die Geister meiner Vorfahren tatsächlich über die Flure des Whittle Inn wandelten, wie ich vermutet hatte. Wenn ich wollte, könnte ich sie herbeirufen, um mir Gesellschaft zu leisten. Aber warum sollte ich das wollen? Ich hatte keinen Bedarf an Geistern oder Hexerei. Ich war gut so, wie ich war.

Kapitel 12

Als ich später an diesem Tag ein Auto auf dem gekiesten Hof vor dem Gasthaus anhalten hörte, dachte ich mir nichts dabei, da ich damit rechnete, dass Jed jeden Moment eintreffen würde. Daher war es eine Überraschung, als ich die nun völlig teppichlose Treppe hinuntertrabte und Detective Gilchrist gegenüberstand.

„Hallo", begrüßte ich ihn. „Gibt es etwas Neues?"

Er lächelte, als er sah, dass ich mit Sägespänen und getrockneten Farbflecken übersät war. Ich hatte versucht, die Türen in meinem Büro abzuschleifen, aber angesichts der vielen alten Farb- und Lackschichten war mir rasch klar geworden, dass ich dafür eine Art Super-Schleifmaschine brauchen würde.

„Es gibt Neuigkeiten, allerdings etwas merkwürdige. Können wir uns irgendwo hinsetzen?“

Es wäre wohl unpassend gewesen, einen Polizeibeamten zu bitten, auf der Treppe vor der Haustür Platz zu nehmen, deshalb führte ich ihn zu den Hockern an der Theke in der Bar. Er ließ sich nieder und blickte sich überrascht um. Der Raum wirkte viel größer, seitdem Jed und ich die Gipsplatten herausgerissen hatten und an den Wänden dahinter mehrere alte Spiegel zum Vorschein gekommen waren. Jetzt sah es aus wie in einer richtigen alten Kneipe. „Ich habe das Gefühl, dass ich einen Drink bestellen sollte“, sagte Gilchrist.

„Ich kann Ihnen leider im Moment nur einen Kaffee anbieten“, antwortete ich und wollte schon in die Küche flitzen, doch Gilchrist hielt mich auf.

„Nein, nein, alles gut, danke. Ich hatte eben erst einen.“

„Okay. Aber wenn das Gasthaus erst einmal in Betrieb ist, in ein paar Monaten hoffentlich, können Sie gerne vorbeischauen und einen Drink bestellen. Ich werde Sie zur Eröffnung einladen.“

„Das wird bestimmt großartig, ich komme gerne.“

„Ausgezeichnet.“ Ich kletterte auf den Hocker neben ihm. „Also, was haben Sie für mich? Kann ich Ihnen irgendwie helfen?“

„Wir haben den Obduktionsbericht erhalten. Die Ergebnisse sind nicht schlüssig, also gibt es leider immer noch mehr Fragen als Antworten.“

„Was soll das bedeuten?“, fragte ich verblüfft. „Dass er nicht ermordet wurde?“

„Nein. Ich denke, wir können jetzt schon mit ziemlicher Sicherheit sagen, dass der Mann keines natürlichen Todes gestorben ist. Allerdings sind wir uns nicht sicher, wie er gestorben ist, und wir haben immer noch keine weiteren Hinweise darauf, wer er ist.“

„Hm, ach so.“ Ich dachte über Gilchrists Worte nach und fragte mich, was er mir womöglich verschwieg. Ob ich es wagen sollte, ihn nach weiteren Details zu fragen? „Können Sie mir etwas über seine Verletzungen sagen?“

Gilchrist sah sich um, als wäre er besorgt, dass uns jemand belauscht, und antwortete dann mit gesenkter Stimme: „Es ist wirklich seltsam. Der Pathologe steht noch vor einem Rätsel, und soweit er das beurteilen kann, ist das Opfer an mehreren Verletzungen gestorben. Jeder einzelne der großen Knochen in seinem Körper war gebrochen. Also wirklich gebrochen. Nicht gesplittert oder zerquetscht. Und seine Verletzungen passen weder zu einem Sturz noch zu einem Aufprall, vom Dach ist er also mit Sicherheit nicht gefallen.“

Dafür wäre ich in diesem Augenblick fast von meinem Hocker gefallen.

„Alles in Ordnung, Miss Daemonne?“, erkundigte sich Gilchrist.

„Ein Perkussionsschock!“, keuchte ich, doch mir war klar, dass er nicht wissen würde, was das bedeutete.

„Wie bitte?“, fragte er dann auch.

Ich schüttelte den Kopf, meine Arme und Beine fühlten sich an wie Pudding. Ein Perkussionsschock. Vor vielen Jahren hatte ich von einem Zauberspruch – oder eher einem Fluch – gehört, der solche Verletzungen verursachte. Meine Mitschüler in den Samstagskursen waren davon fasziniert gewesen. „Es gab keine Blutergüsse am Körper?“, vergewisserte ich mich.

Gilchrist musterte mich neugierig. „Überhaupt keine. Was in Anbetracht seiner Verletzungen höchst ungewöhnlich ist.“

„Oh“, erwiderte ich entsetzt, denn er schien darauf zu warten, dass ich es ihm erkläre. Ich war ratlos. Wie sollte ich ihm sagen, dass ich mir sicher war, womit wir es hier zu tun hatten? Nämlich mit dem Werk einer Hexe oder eines Zauberers. Höchstwahrscheinlich ein dunkler Hexenmeister. Schwarze Magie. Das gab dem Ganzen eine völlig neue Dimension, die vermuten ließ, dass an diesem Ort noch ganz andere Gefahren lauern könnten.

„Haben Sie in der Zeit, seit Sie hier sind, irgendetwas Ungewöhnliches beobachtet?“, fragte Gilchrist, der sein Telefon in der Hand hielt, um sich Notizen zu machen.

„Nein, nichts.“

„Waren irgendwelche anderen Leute hier?“

„Ein paar.“

„Leute, die Sie kennen?“

„Nein, also, vorher kannte ich sie nicht.“ Gilchrist nickte ermutigend, offensichtlich wollte er, dass ich ihm diese aufzählte. „Lassen Sie mich überlegen. Da war Charles Pimm, ein Immobiliengutachter. Millicent Ballicott, eine Frau aus dem Dorf. Stanley Marsh, dem der kleine Supermarkt im Dorf gehört. Und Jed Bailey. Er ist Handwerker und erledigt hier einige Arbeiten für mich.“

„Und Sie haben niemanden gesehen, der sich hier herumtreibt oder sich verdächtig verhält?“

„Nein.“

„Uns liegen verschiedene Berichte über seltsame

Lichter und Geräusche aus dem Wald hinter dem Whittle Inn vor. Es würde mich interessieren, ob Sie etwas Auffälliges gesehen oder gehört haben."

Sally. Ich verdrehte die Augen. „Einen grünen Hirsch?", fragte ich. Jetzt war Gilchrist derjenige, der verwirrt dreinschaute. Ich unterdrückte ein nervöses Kichern. „Ehrlich gesagt, habe ich überhaupt nichts gesehen oder gehört."

„Und es hat Ihnen auch niemand gedroht, Ihnen oder dem Gasthaus Schaden zuzufügen?"

Jetzt zögerte ich. Ich dachte an Lyle vom Hay Loft und an Talbot-Lloyd. Doch beide hatte ich eher als übellaunig und streitlustig als bedrohlich empfunden und sah keinen wirklichen Grund, sie ernsthaft zu verdächtigen, also lächelte ich und antwortete: „Nein. Nichts."

Gilchrist klappte seine Handyhülle zu. „Danke, Miss Daemonne. Das war's fürs Erste. Wenn Ihnen noch etwas einfällt, lassen Sie es mich bitte wissen."

„Ja, natürlich."

„Wäre es in Ordnung, wenn ich mich noch einmal kurz hinterm Haus umsehe?"

„Kein Problem. Ich lasse Sie raus." Ich führte ihn an der Bar vorbei und über den Korridor, von dem aus man zu den beiden gemütlichen Separees The Snug und The Hug gelangte, und durch die Küche zur Hintertür. Mit zufriedener Miene sah er zu, wie ich den oberen und unteren Riegel aufschob und den jeweils dazugehörigen Schlüssel in das Schloss steckte und umdrehte. „Das nenne ich mal eine ordentliche Sicherheitstür", lobte er. „Nur schade, dass Sie die Vordertür die meiste Zeit offen stehen lassen."

Touché.

Wir gingen auf den mit einfachen Betonplatten ausgelegten Hinterhof hinaus. Während ich auf den Wald starrte und dunkle Magier in meinem Kopf herumspukten, untersuchte er noch einmal die Umgebung und machte ein paar Fotos mit seinem Handy. Dann legte er den Kopf in den Nacken und ließ den Blick ratlos über die Fenster im Obergeschoss und das Dach schweifen. Auch er wusste, dass ein Sturz von dort oben ganz andere Verletzungen zur Folge gehabt hätte, und hier draußen gab es nichts, was die Verletzungen des Opfers, die Gilchrist mir beschrieben hatte, hätte verursachen können.

Schließlich seufzte er tief, wahrscheinlich, weil er der Antwort keinen Schritt nähergekommen war. „Danke für Ihre Zeit, Miss Daemonne."

Ich begleitete ihn durch das Gasthaus bis zur Eingangstür. Als ich ihn wegfahren sah, lief mir ein kalter Schauder über den Rücken. Es war ein warmer

Nachmittag, aber plötzlich konnte ich die Gefahr förmlich spüren, die in der Luft lag. Ich war wieder allein, und nun musste ich mich nicht nur vor Talbot-Lloyd, Lyle und Konsorten fürchten, sondern auch vor dunkler Magie.

Wenig später traf Jed ein und musste, da er die Haustür verschlossen vorfand, kräftig klopfen, um meine Aufmerksamkeit zu erregen. „Was ist passiert?“, fragte er mit besorgter Miene, als ich endlich die Treppe hinunterkam und ihn hereinließ.

„Ich bin ein wenig beunruhigt“, erwiderte ich und ging mit ihm in die Küche. „Detective Gilchrist war hier, um mir noch ein paar Fragen zu stellen und mich darüber zu informieren, was die Polizei herausgefunden hat.“

„Und was haben sie herausgefunden?“

Ich runzelte die Stirn und fragte mich, ob ich Jed die ganze Wahrheit sagen sollte, aber ich wollte mich unbedingt jemandem anvertrauen.

„Nun ja, also, die Polizei weiß nicht, wie der Mann zu Tode kam. Und ...“ Ich hielt inne und griff nach dem Wasserkocher, um ihn an der Spüle zu füllen. „Und das werden sie auch niemals herausfinden, geschweige denn jemals verstehen."

„Wie meinst du das?" Jed schnappte sich zwei Tassen und die Teekanne.

„Nicht nur die Identität des Mannes ist nach wie vor unbekannt, sondern vor allem die Art und Weise, wie er gestorben ist. Gilchrist hat mir berichtet, dass alle großen Knochen seines Körpers gebrochen waren."

„Er ist also gefallen?", spekulierte Jed. „Vom Dach des Gasthauses auf die Terrasse draußen?"

„Nein. Er kann unmöglich gestürzt sein, weil seine Leiche keine äußeren Verletzungen aufwies."

„Was dann?"

„Du hältst mich jetzt bestimmt für verrückt, aber ... ich glaube, er wurde durch einen bösen Zauber getötet, besser gesagt, er wurde verflucht. Möglicherweise mit dem sogenannten Medb-Fluch."

„Medb?"

„Ja. Sie war eine keltische Göttin, eine große Hedonistin und Kriegsfanatikerin. Sie war dafür bekannt, den Besitz anderer zu begehren und Kriege zu führen, um sich zu holen, was sie wollte."

„Also hat jemand den Mann verflucht, weil er etwas haben wollte, das dieser besaß?"

„Möglich wär's, aber es ergibt keinen Sinn. Es ist wahrscheinlicher, dass das Opfer neidisch auf das Gasthaus oder etwas in dieser Gegend war oder es begehrte. Der Fluch der Medb wird *gegen* diejenigen eingesetzt, die jemanden betrügen oder bestehlen wollen."

„Okay, wenn das so ist." Jed biss sich auf die Lippe und runzelte die Stirn, während er meine Erklärung zu verstehen versuchte. „Das klingt wirklich verrückt. Wie kommst du darauf, dass so etwas hier passiert ist?"

„Weil die Verletzungen, die Gilchrist beschrieben hat, für mich eindeutig nach einem Perkussionsschock klingen." Als Jed nun noch verwirrter dreinschaute, ergänzte ich: „Du weißt doch, dass durch sehr schrille, laute Töne Glas zerbrechen kann. So in etwa musst du dir die Auswirkung des Medb-Fluchs vorstellen. Er verursacht einen Schock in den Knochen. Multiple Frakturen. Plötzliches Versagen aller Organe. Keine anderen Verletzungen. Er ist hocheffektiv. Der Tod tritt dadurch schnell und schmerzlos ein." Ich begann zu zittern. „Und zwar ohne Ausnahme."

Jed schluckte. „Ohne Ausnahme?"

„Ich habe es noch nie miterlebt. Es ist etwas, zu

dem nur extrem mächtige Hexen und Zauberer fähig sind."

„Du kannst es nicht?"

„Ich habe es nie versucht und kann mir auch nicht vorstellen, dass ich einen solchen Fluch jemals anwenden würde. Nur sehr wenige Hexen würden das tun."

„Warum nicht?"

„Weißt du noch, was ich dir über die Bedeutung des Willens in der Magie gesagt habe, der Intention, die dahintersteht? Diese entscheidet darüber, wie ein Zauber wirkt. Ein und dasselbe Wort oder ein und derselbe Fluch kann unterschiedlich starke Auswirkungen haben, je nachdem, welche Absicht man verfolgt. Der Punkt ist, dass man den Medb-Fluch durchaus in einer abgeschwächten Form benutzen kann, einfach als Zauber, um jemanden aufzuhalten, ihn kurzzeitig erstarren lassen, sodass er sich nicht mehr rühren kann. Man muss den Fluch nicht in voller Stärke benutzen und jemanden damit ausschalten. Das geht aber nur, wenn man ihn sanft ausspricht und vor allem nicht böswillig meint."

„Du meinst also, dass ..." Jed hatte offenbar Mühe, mir zu folgen.

„Ich will damit sagen, dass jeder, der mächtig genug

ist, den Fluch auszusprechen, diesen Kerl einfach hätte aufhalten können, ohne ihn umzubringen. Die Tatsache, dass er getötet *wurde,* deutet darauf hin, dass entweder eine dunkle Macht am Werk ist – sei es eine Hexe, ein Zauberer oder wer auch immer – oder …"

„Oder?"

„Oder … Hmm." Ich dachte laut nach. „Was auch immer unser Opfer vorhatte, es muss ziemlich krass gewesen sein, um den Täter derart zu erzürnen."

Jed nickte. Ich knabberte an meinem Daumennagel. „Weißt du, bislang habe ich mir über diesen Mord nicht so viele Gedanken gemacht, weil ich nicht das Gefühl hatte, dass er etwas mit mir persönlich zu tun haben könnte. Ich hielt die Sache für einen Zufall, auch wenn ich es schon ein wenig merkwürdig fand, dass sich das alles nur wenige Stunden vor meiner Ankunft ereignet haben muss. Aber jetzt bin ich definitiv besorgt." Gedankenverloren rührte ich in meinem Tee. „Das alles kann einfach kein Zufall sein. Vielmehr glaube ich, dass das Gasthaus in Gefahr ist, dass mich jemand bedroht, wer auch immer das sein mag." Ich zog die Stirn in Falten und betrachtete Jed. „Vielleicht wollte sich diese Person an jemandem rächen, der es auf das Gasthaus oder mein Erbe abgesehen hat. Ich habe keine Ahnung, wer den Mann getötet haben könnte, aber anscheinend ist er oder sie entschlossen, den Ruf des Whittle Inn zu ruinieren." Ich nahm einen großen Schluck von meinem Tee. „Ich weiß noch nicht einmal, ob es Angehörige *meiner* Art oder *deiner* Art sind, die ich eher im Auge behalten sollte."

„Meiner Art?" Jed sah nervös aus.

„Ich meine damit, dass ich keine Ahnung habe, ob es Magiebegabte oder Normalsterbliche sind, die meine Existenz bedrohen."

Kapitel 13

Inzwischen hatten Jed und ich das Gasthaus nahezu komplett entkernt. Eine Trennwand nach der anderen hatten wir durchbrochen und zahllose Gipskartonplatten entfernt, mit denen vor vielen Jahren ein Teil der Wände verkleidet worden war. Es war eine staubige, mühsame Angelegenheit, und immer wieder schleppten wir ächzend riesige Müllberge zu dem Container, den ich gemietet hatte. Unaufhörlich wehten Staubwolken durchs Haus, was mich beinahe zur Verzweiflung brachte, denn sie ließen sich auf sämtlichen Oberflächen nieder und krochen sogar unter geschlossenen Türen durch, selbst wenn ich den Türspalt am Boden zustopfte.

„Ich werde mich nie wieder sauber fühlen“,

jammerte ich und fragte mich, was Reinigungskräfte hier in der Gegend die Stunde kosteten. Wie viel müsste ich wohl für einen gründlichen Hausputz auf den Tisch legen? Schließlich wäre es ziemlich sinnlos, mit dem Verputzen oder Streichen anzufangen, wenn es überall derart verstaubt war.

Das Ganze hatte jedoch auch etwas für sich, denn mit jeder Wand, die wir abrissen, kamen neue, dahinter verborgene Schätze zu Vorschein, etwa wunderschön verzierte Kamine in den Schlafzimmern oder exquisite Vertäfelungen in den beiden Separees. Hinter der Bar hatten wir neben den viktorianischen Spiegeln, die zwar offensichtlich lange Zeit nicht pfleglich behandelt worden, aber durchaus noch zu retten waren, auch wunderschön geschnitzte Regale vorgefunden. Jed deckte sie rasch wieder ab, damit sie nichts abkriegten, bis wir mit der Renovierung des Barbereichs fortfahren konnten.

Wir machten also durchaus gute Fortschritte, trotzdem wurde ich zunehmend unruhiger. Manchmal rebellierte mein Magen, dann wieder verspürte ich ein Hämmern im Kopf. Dennoch vertraute ich darauf, dass ich es instinktiv merken würde, wenn mich oder das Gasthaus jemand beobachtete, und obwohl ich hin und wieder herumfuhr und mich misstrauisch umsah, hatte ich nie das Gefühl, dass da etwas Bösartiges lauerte.

Das Gasthaus selbst hingegen wirkte von Tag zu Tag jünger und frischer. Je mehr der alten, schäbigen Schichten ich entfernte und sein wahres Ich zutage förderte, desto mehr schien es aufzuatmen. Es war, als wäre das Gebäude im Laufe der Jahrhunderte vollkommen zugeschnürt gewesen, und nun half ich ihm, durch die Freilegung der Balken und des ursprünglichen Mauerwerks – und an einigen Stellen sogar des Flechtwerks und der Lehmziegel – wieder ein Gefühl für sich selbst zu bekommen.

Können Häuser überhaupt irgendetwas empfinden? Das Whittle Inn auf jeden Fall, das spürte ich in meinem tiefsten Inneren. Vielleicht war es genauso von seinem Weg abgekommen wie ich. Das hier war unsere Chance! Für mich, um mir ein sinnvolleres Leben aufzubauen, und für das Gasthaus, um endlich wieder richtig zum Leben zu erwachen.

Mit jedem weiteren Tag, der verging, verliebte ich mich mehr in diesen Ort. Ich war fest entschlossen, dass wir erfolgreich sein würden. Gemeinsam. Was auch immer dazu nötig wäre. Zu diesem Zweck setzte ich mich eines Abends, nachdem Jed sich in seinem verbeulten Van auf den Heimweg gemacht hatte, auf die Treppe, zog mir die Schuhe aus, ordnete meine Gedanken und bereitete mich – unter dem ernsten Blick von Mr. ~Hoo – auf ein Schutzritual vor.

An diesem Morgen hatte ich eine anonyme Nachricht mit der Post erhalten. Der Inhalt bestand aus nur einem Satz: *Verschwinde besser sofort, bevor wir dich dazu zwingen.*

Immer wieder hatte ich den Zettel von allen Seiten angeschaut, doch abgesehen von der Tatsache, dass die Botschaft auf einem hochwertigen cremefarbenen Pergamentpapier geschrieben war, konnte ich keine weiteren Hinweise entdecken. Ich machte ein paar Fotos, schickte sie an Detective Gilchrist und teilte ihm mit, dass ich den Umschlag samt Inhalt aufbewahren würde, bis wir uns das nächste Mal sahen.

Doch zunächst wollte ich mich darauf konzentrieren, mich selbst und das Gasthaus zu schützen. Den ganzen Tag über hatte ich mich mental darauf vorbereitet, und nun, da ich allein war, konnte das Ritual beginnen. Ich zog mir die Schuhe aus und rief die Göttin Bastet an. Dann ging ich in einem Kreis barfuß um mein Haus und Grundstück herum, beginnend beim Tor. Als ich dieses wieder erreichte, kehrte ich um und umrundete das Gebäude erneut, bis ich wieder an meinem Ausgangspunkt angelangt war. In Ermangelung einer Glocke klatschte ich beim Gehen in die Hände und sprach: *„Schütze diesen Ort vor allem Böswilligen und all jenen, die uns schaden wollen."*

Diesen Satz wiederholte ich immer wieder, während ich unter meinen Füßen Kies, Gras oder Beton spürte, je nachdem, wo ich mich gerade befand. Während ich das Gasthaus ein weiteres Mal umkreiste, spritzte ich Salzwasser vor mich hin, als Symbol für die Verbindung von Erde und Wasser. Es rann über meine Beine und hinterließ Schlieren am Boden.

Schließlich zündete ich zwei Räucherstäbchen an, die für Feuer und Luft standen, und trug sie wie kleine Fackeln vor mir her, um die Luft mit einem orientalischen Moschusduft zu erfüllen. Diesmal konzentrierte ich mich auf die Verbreitung von Positivität und Reinheit, um alles Schädliche fernzuhalten. Währenddessen stellte ich mir das Gasthaus wie eine uneinnehmbare Bergfestung vor.

Als ich meine Zeremonie vollendet hatte, bedankte ich mich bei Bastet und ließ mich auf die Vordertreppe des Gasthauses sinken. Mr. Hoo kam zu mir herübergeflattert und setzte sich neben mich.

„Hooo-oo. Hoo-oooo“, sagte er zu mir, und das Licht leuchtete hell in seinen schönen Augen.

„Ja, du hast recht“, antwortete ich. „Wir haben getan, was in unserer Macht steht, zumindest für den Moment. Aber wir müssen weiterhin auf der Hut sein und aufpassen, ob irgendwelche ungewöhnlichen Dinge geschehen oder ob uns irgendjemand schaden will.“

Danach schwiegen wir beide und saßen noch eine Weile einträchtig beisammen, während wir den Geräuschen der Nacht lauschten.

Kapitel 14

Nachdem ich ins Dorf hinuntergelaufen war, um ein paar Briefe zur Post zu bringen und anschließend einige Sachen in Rhonas kleinem Laden einzukaufen, beschloss ich, mir einen klassischen Cream Tea zu gönnen. Das kleine Café in Whittlecombe machte einen freundlichen, einladenden Eindruck mit seinen rot-weiß karierten Tischdecken, den alten Kommoden voller Porzellan und allerlei hübscher Deko an den Wänden.

Ich wählte einen Tisch am Fenster, von dem aus ich die Leute beobachten konnte, und bestellte bei der Kellnerin, einer netten älteren Dame namens Gloria, den Tee mit Scones und Clotted Cream. Gloria arbeitete wahrscheinlich schon seit ewigen

Zeiten in diesem Café. Sie trug eine Schürze mit Rüschenbesatz und eine kleine Haube auf dem Kopf, was ich an sich schon beachtlich fand. Ihr langes, schneeweißes Haar war zu einer perfekten Beehive-Frisur hochgesteckt. Sie hatte dieses beeindruckende Kunstwerk mit unzähligen Haarklämmerchen befestigt und so viel Haarspray verwendet, dass sie das Café vermutlich in ein Inferno verwandelt hätte, wenn sie sich in die Nähe einer offenen Flamme gewagt hätte. Ich gab meine Bestellung auf und war leicht alarmiert, als ich ihre geschwollenen Knöchel bemerkte und zusah, wie sie in ihren orthopädischen Schuhen davonhumpelte.

Während ich auf meine Bestellung wartete, holte ich verschiedene Unterlagen aus meiner Tasche, mit denen ich mich noch beschäftigen musste. Die anfängliche Panik über meine Finanzen hatte sich mittlerweile etwas gelegt, jetzt wo ich verschiedene Tabellen erstellt und alle Informationen über die Konten des Gasthauses und der Cottages, die zu meinem Erbe gehörten, gesichtet hatte. Inzwischen hatte ich mehr Durchblick, was meine finanzielle Lage betraf, und wusste ungefähr, wo welche Ausgaben anstanden.

Penelope Quigwell hatte mir alle Daten geliefert, um die ich sie gebeten hatte, aber beim Durchblättern der Dokumente fielen mir unzählige Lücken in der Buchführung seit dem Verschwinden meines Vaters auf, für die ich trotz mehrfacher Nachfragen noch keine Erklärung erhalten hatte. Ich kramte mein Handy aus der Tasche und wählte die Nummer ihres Büros. Der mürrische Sekretär teilte mir in seinem üblichen arroganten Ton mit, dass Penelope in den nächsten Tagen nicht im Büro sei, da sie Termine bei Kunden vor Ort habe, aber er würde sie informieren, dass ich angerufen hatte.

Ich notierte eine Erinnerung in meinem Terminplaner, bald erneut nachzuhaken. Aus Penelope Informationen herauszubekommen, war gelinde gesagt schwierig. Ich überlegte, ob es eine gute Idee wäre, für ein paar Tage nach London zu fahren. Dann könnte ich mehrere Fliegen mit einer Klappe schlagen. Zum einen könnte ich Penelope persönlich in ihrem Büro aufsuchen, einige Sachen in der Celestial Street besorgen und außerdem in die Wege leiten, dass der Rest meiner Habseligkeiten nach Whittlecombe transportiert würde. Das wäre eine nette Abwechslung, gut investierte Zeit und mal etwas anderes als die täglichen Renovierungsarbeiten.

Als Gloria mit einem Tablett voller Köstlichkeiten zurückkam, räumte ich eilig meinen Papierkram und mein Telefon vom Tisch und legte alles auf den Stuhl neben mir. Sie setzte das Tablett vorsichtig auf der Tischkante ab, sodass sie die andere Hand frei hatte, um eine Kanne mit einem leuchtend roten Kannenwärmer, der selbstgehäkelt aussah, vor mir abzustellen. Es folgten eine Tasse samt Untertasse in einem hellen Cremeton mit regenbogenfarbenen Punkten, ein passender Teller mit zwei wunderbar fluffigen Fruchtscones, eine riesige Schale mit Clotted Cream und eine etwas kleinere mit Erdbeermarmelade, die wahrscheinlich auch selbstgemacht war.

Ich dankte ihr überschwänglich, während mir bereits das Wasser im Munde zusammenlief. Ein Scone in dieser Größe hätte völlig gereicht, zwei waren schon etwas zu viel des Guten. Wahrscheinlich würde ich zwei Wochen lang nichts mehr essen können.

Gerade als ich mir genüsslich die letzten Krümel des zweiten Scones in den Mund schob und bedauernd den übrig gebliebenen Streichrahm betrachtete – welch eine Schande, dass er im Müll landen würde –, betrat Millicent das Café und winkte mir fröhlich zu. „Ich habe dich durchs Fenster gesehen“, zwitscherte sie, „und dachte, ich frage mal nach, wie es dir geht.“

„Hallo!“, rief ich ihr zu. „Komm, und setz dich zu mir.“

„Bist du sicher? Ich möchte mich nicht aufdrängen.“

„Blödsinn, ich freue mich über ein wenig Gesellschaft.“

Gloria kam zu uns herüber gehumpelt, als Millicent sich mir gegenüber niederließ, und wir bestellten weiteren Tee. „Apropos Gesellschaft“, sagte Millicent, „wie läuft es mit Jed?“

„Oh.“ Ich errötete. „Gut, ja, echt gut.“

Millicent hob die Augenbrauen. „Ach, so gut? Wie schön.“ Sie lächelte, als sich unsere Blicke trafen. „Das freut mich. Er ist ein netter junger Mann.“

Ich lachte leicht verlegen. „Wir sind nur Freunde, Millicent“, erwiderte ich, und das stimmte auch, obwohl ich oft an ihn dachte, wenn er nicht da war. „Danke, dass du ihn zu mir geschickt hast. Jed ist wirklich Gold wert. Wir machen große Fortschritte bei der Renovierung. Seit er mit anpackt, sind schon drei Container voller Müll abgeholt worden.“

„Hervorragend!“ Millicent strahlte.

„Er hat damit begonnen, alle Türen mit so einer superlauten, aber extrem effizienten Maschine abzuschleifen, um die alten Farben und Lacke komplett zu entfernen. Wenn er damit fertig ist und wir die

Türblätter wieder einhängen, sollen sie so originalgetreu wie möglich aussehen. Das war seine Idee, und ich kann's kaum erwarten, bis es so weit ist."

„Das wird nach und nach alles Form annehmen", meinte Millicent zustimmend. Sie nahm den Teewärmer von der Kanne und hob den Deckel an, rührte den Tee um und prüfte die Farbe, bis sie zufrieden war.

„Und wie läuft es sonst da oben?", fragte sie und beobachtete mich aufmerksam.

„Es ist alles ... in Ordnung", antwortete ich.

„Keine weiteren Probleme?", hakte sie nach.

Ich schüttelte den Kopf. „Nein."

„Das ist gut." Sie zog eine Augenbraue hoch. „Hast du den Zeitungsartikel von heute gesehen?", fragte sie.

„Welchen Artikel?"

„Die Lokalzeitung hat einen Bericht über den Toten veröffentlicht, der hinter dem Whittle Inn gefunden wurde. Darin wird auch ein Phantombild von ihm gezeigt. Die Polizei versucht herauszufinden, wer er ist."

„Hast du den Artikel da?", fragte ich gespannt, vor allem, weil ich das Phantombild des Mannes sehen wollte.

„Nein. Ich lasse mir meine Zeitungen liefern, ich

habe den Artikel heute Morgen zu Hause gelesen. Rhona hat sicher noch ein paar Ausgaben da."

„Okay, ich hole mir gleich eine bei ihr."

„Hat die Polizei noch mal mit dir gesprochen?", erkundigte sie sich.

„Detective Gilchrist war bei mir."

„Es ist schon seltsam, was da passiert ist, nicht wahr?", fragte Millicent im Plauderton. „Natürlich hatte das Whittle Inn schon immer den Ruf, exzentrische Gestalten anzuziehen."

„Ist das so?" Die Geschichte des Gasthauses interessierte mich natürlich brennend, und bislang wusste ich noch relativ wenig darüber. „Was für exzentrische Gestalten?"

Millicent ließ den Blick verschwörerisch umherwandern, um sicherzugehen, dass wir nicht belauscht wurden, und zeichnete mit dem Zeigefinger einen Kreis in die Luft zwischen uns.

„Unsere Art von Gestalten", antwortete sie mit leiser Stimme.

„Hexen?", raunte ich.

„Ja, Magier jeder Couleur."

„Oha. Waren da auch böse und gefährliche dabei? Oder total abgedrehte?"

„Das kann man wohl sagen", kicherte Millicent. „Ich habe dir doch erzählt, dass ich als Mädchen oft im Whittle Inn war, um mit deinem Vater zu spielen? Damals gingen da einige sehr flotte Zauberer ein und aus, die einem Mädel ganz schön den Kopf verdrehen konnten. Aber es gab auch welche aus der düsteren Fraktion. Dunkle Hexen und Zauberer und einige böse Hexenmeister, vor denen ich mich schon damals fürchtete.“ Ihr Gesichtsausdruck wurde ernst. „Weißt du, es würde mich nicht im Geringsten überraschen, wenn jemand einen Fluch gegen den armen Mann eingesetzt hätte.“

Ich nickte. „Für mich deutet auch alles darauf hin.“ Wahrscheinlich würden wir jedoch niemals Gewissheit darüber erlangen, dachte ich. „Hoffentlich passiert so etwas nie wieder.“ Nachdenklich schaute ich aus dem Fenster und bemerkte, dass es sich zugezogen hatte. „O nein!“, seufzte ich. „Sind für heute Schauer vorausgesagt?“

„Schwül genug für ein Gewitter ist es auf jeden Fall“, erwiderte Millicent und fächelte sich Luft zu.

Ich winkte Gloria herüber und bat sie um die Rechnung. „Tut mir leid, Millicent. Ich muss zurück zum Gasthaus. Ich habe die Fenster im Obergeschoss offen gelassen. Mit Regen hatte ich nicht gerechnet.“

„Oh, kein Problem, meine Liebe!“, rief Millicent aus. „Lass uns das bald mal wiederholen.“ Ich legte einen Zehn-Pfund-Schein auf die von Gloria bereitgestellte Untertasse, genug, um die gesamte Rechnung zu begleichen, umarmte Millicent kurz und eilte nach draußen, wo mir heiße, stickige Luft entgegenschlug, die ein herannahendes Gewitter ankündigte.

Ich flitzte hinüber zum Dorfladen, begrüßte Rhona und legte hastig Eier, Champignons, Rotkohl, rote Zwiebeln und die Lokalzeitung in meinen Korb. Ich musste mich sputen, wenn ich trocken nach Hause kommen wollte. Während Rhona an der Kasse meine Einkäufe zusammenrechnete, blätterte ich in der Zeitung. Auf Seite fünf fand ich den Bericht, den Millicent erwähnt hatte.

Das Phantombild des Opfers sagte mir nichts. Ich hatte den Mann nie zuvor gesehen. Er musste etwa Mitte fünfzig gewesen sein, hatte ein markantes Gesicht und eine Halbglatze, wodurch er mich an einen Mönch erinnerte. Das Haar an den Seiten war dunkel, leicht gräulich und etwa zehn Zentimeter lang. Zwischen seinen beiden Vorderzähnen klaffte eine Lücke. Insgesamt nicht gerade attraktiv, aber wer konnte schon sagen, ob das von der Polizei erstellte Bild ihm auch wirklich gerecht wurde.

Ich überflog den Artikel. Er enthielt nichts, was ich nicht schon wusste. Die Polizei erhoffte sich anscheinend neue Hinweise zur Identität des

Mannes aufgrund des Bildes und der Beschreibung des Opfers. Nachdem ich meinen Einkauf bezahlte hatte, begab ich mich zügig auf den Weg nach Hause, winkte Millicent noch einmal durch das Fenster des Cafés zu und lief den Hügel hinauf, vorbei an den Cottages und die Straße zum Gasthaus hinauf.

Dann fiel mir etwas ein, dass Millicent in unserem Gespräch eben gesagt hatte und das mich plötzlich stutzig machte. Warum hatte sie angenommen, der Mann sei verflucht worden? In dem Artikel wurden keinerlei Angaben zur Todesursache gemacht, und die Polizei hatte auch noch nichts darüber veröffentlicht. Warum also hatte Millicent einen bösen Zauber vermutet, wo es doch zig Möglichkeiten gab, wie er zu Tode gekommen sein könnte?

War die ältere Frau wirklich das, was sie vorgab zu sein? Der Gedanke ließ mich erschaudern, und als die ersten riesigen Regentropfen fielen, sprintete ich los, um mich so schnell wie möglich in meinem schrägen Gasthaus in Sicherheit zu bringen.

Als ich die Einmündung zu der langen, schmalen Auffahrt des Whittle Inn erreichte, war ich völlig außer Atem. Neben dem rostigen Tor stand eine große Eiche, unter der ich Schutz suchte. Ich stellte meine Taschen auf den Boden, lehnte mich gegen den Stamm und atmete tief durch, während ich dem beruhigenden Prasseln des Regens lauschte, der auf das grüne Blätterdach fiel. Es war ein ruhiger Nachmittag, wie so oft hier unter der Woche, und auf der angrenzenden Straße waren kaum Autos unterwegs, sodass mich wahrscheinlich niemand sehen und für verrückt halten würde.

Nachdem ich wieder zu Kräften gekommen war, machte ich mich bereit für den Rest des Weges. Zu meiner Überraschung vernahm ich auf einmal leise Eulenrufe von irgendwo aus der Nähe. Ich spähte in den Baumwipfel, konnte Mr. Hoo dort jedoch nicht entdecken. War es für ihn ohnehin nicht viel zu früh, um unterwegs zu sein? Bis zum Anbruch der Dämmerung würde es noch Stunden dauern. Ich redete mir ein, dass ich mir das bloß eingebildet hatte, und bückte mich nach meinen Taschen. Plötzlich knackte hinter mir ein Ast. Ich fuhr herum. Nichts.

Ich ließ meine Taschen stehen, wo sie waren, trat aus dem Schutz des Baumes heraus und suchte die

Umgebung mit den Augen ab. Der Regen prasselte unablässig hernieder, und ich hielt den Atem an, während ich auf verdächtige Geräusche lauschte.

Ein leises Knistern, das aus der Richtung des Gasthauses kam, ließ mich aufhorchen. Ich runzelte die Stirn. Jemand war hier draußen. Ganz in der Nähe, vielleicht direkt vor mir. Vielleicht nur wenige Meter entfernt, versteckt zwischen den Bäumen. Jemand beobachtete mich, während ich hier stand und angestrengt lauschte. Das knisternde Geräusch beunruhigte mich. Ich wandte den Kopf erneut Richtung Gasthaus, unsicher, was ich tun sollte.

Der Regen ließ ein wenig nach, und der Wind trug eine rauchige Brise zu mir herüber. Irgendwo in der Nähe musste jemand ein Lagerfeuer angezündet haben. Allerdings war es die falsche Jahreszeit für ein Lagerfeuer und zu früh am Tag für ein Barbecue. Und ohnehin gab es in der direkten Umgebung kein anderes Haus als das Whittle Inn. In diesem Moment wurde ich von einer schrecklichen Panik ergriffen und vergaß alles andere. Ich ließ meine Taschen liegen und rannte die Zufahrt hinauf. Einhundert Meter. Zweihundert. Dreihundert. Das Knistern wurde lauter, und ich schrie vor Angst auf.

„Bitte!“, flehte ich laut. „Nicht das Gasthaus. Nicht mein Gasthaus!“

Als ich die letzte Biegung erreichte, wo der Wald endete und ich das Whittle Inn vor mir liegen sah, blickte ich panisch umher, um die Ursache des Brandgeruchs festzustellen, der mich nun beinahe überwältigte. Auch das Geräusch lodernder Flammen war lauter als zuvor, aber es schien alles in Ordnung zu sein. Die Eingangstür war verschlossen, die Fenster waren unversehrt. Nirgends konnte ich ein Feuer erkennen.

Ich lief ums Haus herum, und als ich die Rückseite erreichte, wurde mir mit einem Schlag klar, woher das Knistern und der Rauchgestank kamen – das Stallgebäude brannte lichterloh. Flammen leckten an der Seite des Gebäudes und steckten ihre heißen, hasserfüllten Zungen durch die zerbrochenen Fenster. Für einen Moment erwog ich, einen Feuerlöscher aus dem Gasthaus zu holen, aber nachdem ich mich noch ein paar Meter genähert hatte, begriff ich sofort, dass es für einen Feuerlöscher viel zu spät war. Nichts würde diese Bestie besänftigen. Überhaupt nichts.

So schnell ich konnte rannte ich los, die Straße hinunter, bis zur Eiche. Ich kramte in meiner Handtasche nach meinem Telefon, konnte es jedoch nicht finden. Den Tränen nahe, frustriert und wütend auf mich selbst, kippte ich den Inhalt der Tasche aus und verteilte Schlüssel, Taschentücher, Briefe, Lippenbalsam, Süßigkeiten und anderen Krimskrams auf dem Boden. Kein Telefon. Ich musste es im Café vergessen haben.

Mit zittrigen Händen fuhr ich mir durch die Haare. Es blieb mir nichts anderes übrig, als zurück ins Dorf zu laufen. Warum hatte ich bloß noch keinen Festnetzanschluss im Gasthaus installieren lassen? Welch Ironie des Schicksals! Ich bog auf die Straße und ins Dorf ein, als ein sportlicher, schwarzer Wagen aus der nächsten Seitenstraße schoss und davonraste. Laut schreiend lief ich ihm hinterher, um ihn zum Anhalten zu bringen, aber vergeblich. Dabei hatte ich nicht bemerkt, dass sich hinter mir ein weiteres Auto genähert hatte, das mir im letzten Moment ausweichen konnte. Mit quietschenden Reifen kam es neben mir zum Stehen.

Es war ein dunkelgrüner Mini, und als ich sah, wer am Steuer saß, fiel mir ein Stein vom Herzen. „Sally!“, rief ich. „Gott sei Dank! Kannst du mir helfen? Das Gasthaus brennt! Kann ich mir mal dein Telefon ausleihen?“

Kapitel 15

Die Feuerwehr brauchte mehrere Stunden, um den Brand unter Kontrolle zu bringen und schließlich vollständig zu löschen. Bestürzt betrachtete ich die rauchenden Ruinen des Stallgebäudes. Aus der Traum, es zu renovieren und in eine Luxusunterkunft für anspruchsvolle Gäste zu verwandeln. Die kläglichen Überreste würde ich schleunigst entsorgen lassen müssen, was weitere zusätzliche Kosten für mich bedeutete, die ich mir eigentlich im Moment nicht leisten konnte.

Das Gewitter hatte sich längst verzogen, als Detective Gilchrist beinahe zeitgleich mit Jed am Whittle Inn eintraf. Ich blinzelte in die Sonne, während ich die beiden nebeneinander über den Hof laufen sah. Jed kam auf mich zu und umarmte mich mitfühlend. Tränen stiegen in mir hoch, gegen die ich nur mit Mühe ankämpfen konnte, denn ich wollte nicht, dass Gilchrist mitbekam, wie ich heulte. Der Polizeibeamte unterhielt sich zunächst ausführlich mit dem leitenden Feuerwehrmann, bevor er mich um eine Aussage bat.

„Hier gehen ja merkwürdige Dinge vor sich, nicht wahr?“, sagte er mit ernster Miene. „Waren Sie in der Nähe, als das Feuer ausbrach?“

„Nein. Ich war unten im Dorf, um etwas zu erledigen, und hatte mir danach eine kurze Pause im Café gegönnt“, erklärte ich ihm. „Ich brauchte ein wenig Nervennahrung. Sonst wäre ich hier gewesen. Sonst hätte ich das verhindern können.“

„Vielleicht ist es besser, dass du nicht da warst“, sagte Jed.

„Vielleicht war es ein Unfall“, spekulierte ich, „ein Kurzschluss oder so etwas?“

„Definitiv kein Unfall“, erwiderte der Detective abwinkend. „Der Einsatzleiter der Feuerwehr meinte, dass ein Brandbeschleuniger verwendet wurde. Sie haben einen Benzinkanister in der Hecke hinter dem Stall gefunden, der offenbar noch nicht lange dort gelegen haben kann.“

„Kinder vielleicht?“, fragte ich hoffnungsvoll.

Gilchrist legte mir eine Hand auf den Arm und führte mich auf den Hof vor dem Gasthaus. Er zeigte auf einige dunkle Pfützen auf dem Boden.

„Fällt Ihnen etwas auf?“, fragte er, hockte sich neben eine der Lachen und rührte mit dem Zeigefinger darin, woraufhin ölige bunte Schlieren an der Oberfläche waberten. „Jemand hat versucht, das Gasthaus niederzubrennen, Miss Daemonne. Doch aus irgendeinem Grund hat das Feuer nicht auf das Hauptgebäude übergegriffen.“

„Oh.“ Ich schluckte schwer, weil sich meine Kehle auf einmal vor Angst wie zugeschnürt anfühlte, sodass ich nur entsetzt schweigen konnte. Lyle vom Hay Loft kam mir wieder in den Sinn. Was hatte er noch mal gesagt? „Dein Hof ist eine Todesfalle. Es würde mich nicht wundern, wenn er bis auf die Grundmauern abbrennt.“ Ich hatte gedacht, er hätte das nur so dahingesagt, ohne Hintergedanken. Was waren das bloß für Leute hier? Mit wem hatte ich es tatsächlich zu tun? Wenn das so weiterging, würde ich womöglich alles verlieren!

„Hast du eine Versicherung gegen Brandschäden?“, fragte Jed. Ich schüttelte den Kopf. Ich hatte rein gar nichts außer dem Gasthaus mit dem ganzen Drumherum, vor allem mit den Schulden, die damit verbunden waren.

„Sie haben keine weiteren Drohungen erhalten?“, wollte Gilchrist wissen.

„Nein.“

„Drohungen?“, fragte Jed irritiert. „Was für Drohungen?“

Ich blickte zu meinem Haus auf, das mir schon so sehr ans Herz gewachsen war und sich vertraut anfühlte. Ich spürte, wie es darauf wartete, dass ich handelte, also riss ich mich zusammen und schöpfte Kraft aus seinen starken Mauern. Endlich schaffte ich es, die lähmende Angst zu überwinden, stattdessen kochte Wut in mir hoch. Nun fand ich auch meine Stimme wieder.

„Nein“, wiederholte ich tonlos. „Keine weiteren Drohungen.“ Ich wandte mich an Jed. „Nur eine kleine anonyme Nachricht, die mich wohl erschrecken sollte. Aber das tut sie nicht.“

Detective Gilchrist runzelte die Stirn. „Nichtsdestotrotz, Miss Daemonne, würde ich Ihnen dringend raten, noch einmal darüber nachzudenken, sich für eine Weile woanders einzuquartieren, zumindest bis wir herausgefunden haben, was hier vor sich geht, und den oder die Täter gefunden haben.“

„Das ist mein Zuhause, Detective“, entgegnete ich mit fester Stimme. „Ich kann Ihnen versichern, dass ich mich nirgendwo anders so sicher fühle wie hier, also werde ich bleiben."

„Ich ...", begann Gilchrist, doch als ich ihn anfunkelte, verstummte er.

„Hör mal, ich kann bei dir bleiben", sagte Jed, und sowohl Gilchrist als auch ich musterten ihn neugierig.

„Ich meine, Platz genug hast du ja ..." Er zuckte mit den Schultern. „Vielleicht wäre es nicht schlecht, wenn ein Mann im Haus wäre", fügte er mit zweifelnder Miene hinzu.

Ich lächelte. „Hast du einen Schlafsack dabei?"

Später, als die Feuerwehr und Polizei abgerückt und Jed kurz nach Hause gefahren war, um ein paar Sachen zu holen, umkreiste ich das Gasthaus erneut mit bedächtigen Schritten und wiederholte das Mantra des Vorabends: *„Schütze diesen Ort vor allem Böswilligen und all jenen, die uns schaden wollen."* Ich hatte keinen Zweifel daran, dass der Schutzzauber, den ich gesprochen hatte, um alles Negative und böswillige Absichten abzuwehren, das Whittle Inn vor einem schlimmen Ende bewahrt hatte.

Ja, der Verlust des Stallgebäudes, wo ich zusätzliche Zimmer hatte einrichten wollen, war ein harter Schlag, aber letztendlich kein unüberwindbares Problem. Hätte der Brand jedoch das Gasthaus zerstört, wäre dies wahrscheinlich das endgültige Aus für meine Pläne gewesen.

Da ich ziemlich eingerostet war, was die praktische Anwendung von Magie betraf, erfüllte es mich mit großer Dankbarkeit, dass der Zauber funktioniert hatte. Jetzt galt es, diesen zu verstärken, um das Gasthaus noch besser zu schützen. Das wäre besonders dann von entscheidender Bedeutung, wenn ich mich dazu entschließen sollte, nach London zu fahren und das Haus währenddessen in Jeds Obhut geben würde.

Als ich das Gebäude vollständig umrundet hatte, wanderte ich im Hof umher und betrachtete die Fassade in all ihren Einzelheiten. Ich bewunderte die Fenster mit den vielen kleinen, eckigen Butzenscheiben, die sicherlich alle einzeln von Hand gefertigt worden waren. Vor meinem geistigen Auge streichelte ich über die mächtigen, vom Alter geschwärzten Holzbalken und den abblätternden Putz, rückte die Ziegel auf dem Dach zurecht und umarmte die schiefen, standfesten Wände, die ich besonders ins Herz geschlossen hatte.

Mir wurde bewusst, dass ich mich auf meine

eigenen Wurzeln besinnen musste, auf den Teil meines Wesens, den ich so lange verleugnet hatte, um dieses eigenwillige Wunderwerk der Baukunst zu erhalten. Ich musste mich darauf konzentrieren, die Hexe zu werden, zu der meine Mutter mich Zeit ihres Lebens machen wollte. Und dazu würde ich mich an die Elder wenden müssen, an jene, die mich bei diesem Wagnis unterstützen konnten, und ich würde meine angeborenen Kräfte entfesseln und die Fähigkeiten ausüben müssen, die ich lange vernachlässigt hatte.

Ha! Die Leute aus Whittlecombe, die mir feindselig begegnet waren und geglaubt hatten, sie könnten mich in die Flucht schlagen, sollten sich besser auf etwas gefasst machen!

Kapitel 16

Anstatt mich von dem Brand runterziehen zu lassen, horchte ich tief in mich hinein und fand tatsächlich zu neuem Optimismus. Meine positive Stimmung wurde durch Jeds Gesellschaft verstärkt, und es machte mir Spaß, mit ihm zu arbeiten. In meinem Kopf nahm die Zukunft des Gasthauses mehr und mehr Gestalt an, und ich sammelte meine Ideen in einem Notizbuch, skizzierte Pläne und klebte Fotos von Möbeln und Dekosachen hinein, die mir gefielen. Ich stellte mir eine freundliche und schlichte, aber dennoch urige Einrichtung vor: gusseiserne Bettgestelle im Kontrast zu weißer oder cremefarbener Bettwäsche, alte, restaurierte Eichenmöbel, Holzböden und viele Teppiche, Blumen und Bilder.

Und ich wollte der Bar ihren ursprünglichen Glanz zurückgeben, mit glitzernden Zapfhähnen und perfekt polierten Spiegeln an den Wänden im Hintergrund, die den Schein des Kaminfeuers einfingen.

„Sieh dir mal diese Zeichnung an", bat ich Jed ein paar Tage nach dem Brand beim Frühstück und reichte ihm mein prall gefülltes Notizbuch. „Wir könnten eine kleine Empfangstheke hinter dem Haupteingang einrichten, in der Ecke neben der Treppe."

„Können deine Gäste nicht einfach an der Bar einchecken?", fragte Jed kauend und schob sich einen weiteren Löffel Müsli in den Mund. „So machen sie das im Hay Loft auch."

„Ich weiß", erwiderte ich mit einem Schniefen. „Aber das finde ich nicht sehr einladend. Ich möchte, dass meine Gäste das Gefühl haben, dass das Whittle Inn sich ein wenig ... abhebt."

„Dass es ein wenig gehobener ist, meinst du?"

„Nicht unbedingt gehobener. Nur anders als das Hay Loft. Ich habe mal eine Zeit lang in der Bar eines Boutique-Hotels in London gearbeitet. Es hatte nur zwölf winzige Zimmer, aber jedes war anders gestaltet, und die Gäste konnten sich aussuchen, welchen Stil sie bevorzugten. Das hat mir gefallen. Wir könnten die Zimmer auch nach bestimmten Themen einrichten."

„Ein blaues und ein grünes Zimmer, zum Beispiel?"

Ich seufzte und schüttelte leicht den Kopf. *Männer.* „So ungefähr, ja. Ich hatte jedoch eher gedacht, sie nach irgendwelchen Filmstars oder Schriftstellern zu benennen."

„Okay. Ein JK-Rowling- und ein Stephen-King-Zimmer? Super Idee. Dann gehen dir die Gäste gleich wieder laufen."

„Nun ja", antwortete ich lachend, „erst einmal brauche ich eine klare Vorstellung, welche Art von Kunden ich überhaupt ansprechen will, und danach richtet sich dann auch, welche Themen für die Zimmer infrage kommen. Ich möchte mir keinen harten Konkurrenzkampf mit dem Hay Loft liefern. Ich glaube, das wäre für beide Seiten nicht von Vorteil."

„Und wie stellst du dir das vor?"

„Ich habe schon ein paar Ideen", sagte ich, während ich auf dem Deckel meines Kugelschreibers herumkaute. „Das sind natürlich alles Entscheidungen, die ich treffen muss, bevor wir mit dem Streichen und Dekorieren beginnen."

„Hast du dich schon entschieden, wie du das da

hinten machen willst?“, fragte Jed und deutete auf den großen L-förmigen Barbereich.

„Ja, habe ich. Komm mal mit!“ Ich sprang auf und ergriff Jeds Arm. Zuerst sträubte er sich, weil er noch nicht fertig gefrühstückt hatte, aber ich ließ nicht locker, und so folgte er mir schließlich in den hinteren Teil des alten Lagerraums.

„Ich hätte hier gerne ein paar schöne Holztüren, die sich nach draußen öffnen lassen. Georgianische Türen oder so was in der Art wären toll.“ Dann zupfte ich ihn erneut am Arm und dirigierte ihn zurück durch die Bar, den Flur und die Küche und schließlich durch die Hintertür nach draußen. „Es ist mir wichtig, dass wir hier einen schönen Sitzbereich haben, wo die Gäste die Natur genießen können. Der Garten soll natürlich auch ansprechend gestaltet werden. Das ist doch ein perfekter Ort, um auf den Wald zu schauen und einfach zu entspannen.“

Er nickte. „Was ist mit dem abgebrannten Stall?“

Traurig blickten wir beide zu den verkohlten Überresten des Gebäudes hinüber. „So ist es ein Schandfleck, deshalb muss der Bereich erst einmal komplett geräumt werden, bevor wir hier Gäste empfangen. Wenigstens haben wir dann eine schöne Aussicht.“

In diesem Moment erregte eine Bewegung ein

Stück hinter dem einstigen Stallgebäude meine Aufmerksamkeit. Leider hatte das Feuer auch auf einige ältere Bäume am Rand meines Grundstücks übergegriffen, sodass dort Lücken entstanden waren, die den Blick auf ein paar jüngere Bäumchen und das Feld dahinter freigaben, das offenbar seit Jahren nicht mehr bestellt worden war. Das Land gehörte mir nicht. Und genau dort konnte ich deutlich zwei Männer auf dem Feld erkennen, die auf die Grenze zu meinem Grundstück zugingen.

„Wer sind diese Leute?", fragte ich Jed und deutete auf die Männer, die beide hohe Gummistiefel und karierte Schiebermützen trugen. Er schüttelte bloß den Kopf, und ich folgte ihm, als er in ihre Richtung schlich.

Tief geduckt krochen wir durch das Unterholz zwischen Farnen hindurch. Kurz vor dem Rand des Feldes hielt ich an einem umgestürzten Baumstamm inne und lehnte eine Wange dagegen. Der Geruch von feuchter Erde und Rauch, der immer noch in der Luft lag, kitzelte meine Nase, während kleine Insekten um mein Gesicht schwirrten. Ich wischte sie weg und lauschte, als die Stimmen näherkamen.

„Wir können vorerst bis hierher bauen, plus/minus ein paar Meter", sagte eine vertraute Stimme. Ich spähte vorsichtig über den Rand des

Baumstamms, um mich zu vergewissern, aber die Männer standen von mir abgewandt. „Diese Wiese reicht bis zur Straße, und da hinten haben Sie ein paar Hektar Wald, die Sie nutzen können."

„Was ist, wenn wir uns vertun?"

„Mit den Grundstücksgrenzen, meinen Sie?"

„Sagen wir mal, wir halten diese oder die Abstände versehentlich nicht ein?"

Die erste Stimme brummte amüsiert. „Das ist schwer zu sagen. Das Bauamt könnte darauf bestehen, dass Sie alle Häuser wieder abreißen, die Sie errichtet haben."

„Wenn sich jemand beschwert, meinen Sie?", fragte die zweite Stimme.

„Ja, also ..."

„Aber vielleicht könnten wir die Baugenehmigung dann immer noch rückwirkend beantragen?"

„Vielleicht. Aber mein Leben würde ich nicht darauf verwetten."

„Sie müssen Ihr Leben nicht aufs Spiel setzen, Pimm. Der Gemeinderat wäre sicher mehr als erfreut, wenn das Whittle Inn abgerissen würde."

Vor Schreck blieb mir der Mund offen stehen, und ich starrte Jed mit großen Augen an, während eine Welle der Wut in mir aufkeimte.

Charles Pimm. *Mein Immobiliengutachter.*

„Da könnten Sie recht haben, Gladstone. Es ist schon seit Jahren ein Schandfleck."

Gladstone Talbot-Lloyd! Das hätte ich mir doch denken können. Am liebsten wäre ich aus meinem Versteck aufgesprungen, hätte sie angebrüllt und ihnen die Meinung gegeigt, aber Jed beugte sich vor und legte beschwichtigend die Hand auf meinen Oberschenkel. Er schüttelte langsam den Kopf und murmelte: „Nein."

„Ich denke, wir sollten es durchziehen. Das Risiko ist es wert", hörte ich Talbot-Lloyd sagen. „Sie ist eine alleinstehende Frau und eine Fremde hier. Wir könnten sofort loslegen. Gleichzeitig sorgen wir dafür, dass keine Beschwerden laut werden, vor allem nicht von Leuten aus dem Ort, die Einfluss haben. Sollte sich einer von denen beschweren, müssen wir uns das eben ein bisschen was kosten lassen, sie zum Schweigen zu bringen.

„Ich brauche mehr Kapital", antwortete Pimm mit säuselnder Stimme.

„Das werden Sie bekommen!", knurrte Talbot-Lloyd. „Sprechen Sie mit unserem Finanzbeauftragten."

„Aber ... die Beschwerden von den Dörflern? Ich bin mir nicht sicher, wie wir sie *alle* zum Schweigen bringen können. Viele von ihnen werden dagegen sein, dass auf diesem Grundstück eine größere Wohnsiedlung errichtet wird."

„Ach, diese ewigen Nörgler! Sie wollen mehr Wohnraum, aber nicht, dass vor ihrer Haustür gebaut wird. Ignorieren Sie diese Leute, das ist das Beste, was man tun kann."

„Aber was ist mit dem Whittle Inn und dieser Miss Daemonne?", jammerte Pimm.

„Machen Sie sich deswegen keine Sorgen. Ich habe bereits ein Team auf dieses Problem angesetzt."

Die beiden Männer kehrten zu ihren Fahrzeugen zurück, und wir folgten ihnen unauffällig durchs Gestrüpp. Keiner der beiden fuhr einen schwarzen Sportwagen, wie ich ihn am Tag des Brandes gesehen hatte, als ich verzweifelt nach Hilfe suchte. Talbot-Lloyd hievte sich in einen marineblauen, jedoch schlammbespritzten und mit toten Fliegen übersäten Range Rover, während Pimm in einen teuren Volvo stieg. Ich sah ihnen nach, wie sie die Straße hinunter verschwanden. Meine Kehle war wie zugeschnürt, und ich hatte einen bitteren Geschmack im Mund.

Jed ergriff meine Hand, als er meine Verzweiflung spürte, und zog mich zurück zum Gasthaus.

„Komm“, sagte er, „ich mache uns einen Tee, und dann überlegen wir, was wir tun können.“

Wir saßen uns an der Bar gegenüber und nippten an unseren Bechern. Trotz der Wärme des Tages verspürte ich eine innerliche und äußerliche Kälte, gleichzeitig fühlte ich mich seltsam ruhig. Wie sagte man doch so schön? Kenne deinen Feind? Tja, jetzt kannte ich ihn.

Allerdings … so richtig wusste ich noch nicht, mit wem ich es zu tun hatte.

Ich starrte ins Leere und versuchte, die Hinweise in einen logischen Zusammenhang zu bringen. Ja, einer der beiden Männer könnte das Feuer gelegt haben, aber da keiner von ihnen zur magischen Zunft gehörte, wären sie keinesfalls in der Lage gewesen, den Medb-Fluch anzuwenden und konnten den Mann, den ich hinter meinem Haus gefunden hatte, also nicht getötet haben.

„Worüber denkst du nach?“, fragte Jed sanft, und ich blickte zu ihm auf.

„Ich bin so verwirrt.“

„Du solltest mit Gilchrist sprechen. Sag ihm, was wir gehört haben.“

„Meinst du, er wird uns glauben?“, fragte ich. „Wir haben keine Beweise. Nur diese Gesprächsfetzen, die wir aufgeschnappt haben.“

Jed zuckte mit den Schultern.

Ich stellte meinen Becher auf den Tresen, nahm mein Skizzenbuch zur Hand und zeichnete die Umrisse des Gasthauses sowie das umliegende Grundstück als großes Quadrat. „Es ist fast so, als hätten wir zwei verschiedene Probleme." Ich deutete auf die Grundstücksgrenze auf der rechten Seite und skizzierte das Feld. „Einerseits haben wir hier einen Immobilienhai, der das Gasthaus und mein Land in sein gieriges Maul bekommen will, damit er dort bauen kann ..." Ich legte den Finger auf mein Haus. „Und auf der anderen Seite ist dunkle Magie im Spiel. Aber ich verstehe nicht, wie das zusammenpasst. Ich sehe keine Verbindung. Talbot-Lloyd und Pimm, so niederträchtig und bösartig die beiden auch sein mögen, sind mit Sicherheit keine von meiner Art."

„Du glaubst, das würdest du mit Sicherheit erkennen?", wollte Jed wissen.

„Auf jeden Fall."

Das würde ich doch, oder?

„Aber wo liegt dann die Verbindung?", fragte Jed und beobachtete mich aufmerksam.

„Vielleicht gibt es gar keine? Vielleicht habe ich einfach nur das Pech, Feinde an verschiedenen Fronten zu haben." Ich seufzte. „Aber ausschließen kann ich nichts. Wenn wir wüssten, wer der tote Mann war, könnte mir das helfen herauszufinden, wer ihn umgebracht hat."

„Vielleicht irrst du dich, und es war nicht dieser Fluch? Vielleicht ist er wirklich gefallen."

„Und wie sollte er dann aufs Dach gekommen sein, die Außenwand hoch? Ins Haus ist er jedenfalls nicht eingedrungen", erinnerte ich Jed. „Es gab keine Einbruchsspuren, und alles war gut verschlossen." Erneut kreisten meine Gedanken um den Fund der Leiche und den markanten Rubinring, den der Mann getragen hatte.

Jed starrte auf meine Zeichnung. „Ich könnte zur Gemeindeverwaltung gehen und nachfragen, ob für das Grundstück nebenan Bauanträge vorliegen, was meinst du? Mal schauen, was die da geplant haben. Vielleicht können die mir im Bauamt auch sagen, wie man dagegen Einspruch erheben kann. Möchtest du, dass ich das mache?"

„Das wäre sehr hilfreich." Ich hüpfte von meinem Hocker herunter.

„Was hast du vor?"

„Ich fahre nach London. Es gibt da ein paar Leute, mit denen ich lange keinen Kontakt hatte. Ich hoffe, sie werden mir helfen."

Kapitel 17

Luca Shadowmender wohnte in einem recht modernen Viertel im Londoner Vorort Surbiton. Von außen betrachtet deutete nichts darauf hin, dass in diesem kleinen Haus einer der mächtigsten, bekanntesten und erfahrensten Zauberer Europas lebte. Ursprünglich stammte er aus Polen und war als Kind mit seinen Eltern nach England ausgewandert. Jetzt musste er bereits Ende siebzig oder Anfang achtzig sein, und in Sachen Magie gab es kaum etwas, das er nicht wusste oder nicht hätte herausfinden können. Weltweit wurde er für seine Weisheit und seine große Herzensgüte geschätzt und geachtet. Seitdem ich denken konnte, war er das Oberhaupt des Hexenzirkels meiner

Mutter gewesen und daher auch in vielerlei Hinsicht meine spirituelle Leitfigur.

Da ich schon mein halbes Leben lang nicht mehr meiner magischen Berufung folgte, war ich mir nicht sicher, wie er reagieren würde, wenn ich plötzlich vor seiner Tür stand, aber ich musste es trotzdem versuchen.

Als ich die Kiesauffahrt zu seinem Haus hinaufging, sah ich ihn in seiner vollgestopften Garage hantieren. Die Türen standen weit auf und in den Regalen türmten sich ordentlich beschriftete Plastikkisten, aus denen unzählige Teile aus Metall, Gummi und Glas sowie Kabel und alles mögliche andere hervorquollen. Offenbar reparierte er gerade ein Dreirad für Kinder.

Als er mich draußen bemerkte, legte er sein Werkzeug zur Seite und kam in gebücktem, leicht hinkendem Gang auf mich zu. Seine knorrigen Finger umklammerten einen handgeschnitzten Spazierstock.

„Alfhild!“, rief er mir freudig entgegen. „Ich habe schon den Wasserkessel aufgesetzt. Komm! Komm!“

Natürlich hatte er von meinem Besuch gewusst, auch wenn ich mich nicht angemeldet hatte. Er setzte sich langsam in Bewegung, und ich folgte ihm um die Garage herum zum Haus. Der Garten war die reinste Pracht und bot eine wunderschöne Mischung aus frühsommerlichen Blumen, Kräutern, Obst und Gemüse – ein kleines Paradies in der Vorstadt. Shadowmender war offensichtlich ein Zauberer mit einem grünen Daumen. Über eine Stufe gelangten wir in die Küche, und kaum war die Hintertür hinter uns geschlossen, richtete er sich auf, fuchtelte mit den Händen und warf seinen Gehstock in den Flur. Der Stock wirbelte durch die Luft, flog vier oder fünf Meter weit und landete in perfekter Manier im Schirmständer.

„Du bist nicht überrascht, mich zu sehen?", fragte ich.

Die wässrigen blauen Augen des Zauberers funkelten verschmitzt. „Natürlich nicht. Man kann alles vorhersehen, wenn man weiß, wohin man schauen muss."

Er deutete auf eine Tür auf der rechten Seite. „Komm, komm mit durch", sagte er und ging geradezu beschwingt voraus in sein Wohnzimmer. Plötzlich erinnerte ich mich daran, wie ich ihn mit meiner Mutter hier kurz nach dem Verschwinden meines Vaters besucht hatte. Von außen war es ein typisches Haus aus den 1970ern, unscheinbar und in die Jahre gekommen. Aber wenn man erst einmal drinnen war, fühlte man sich in das Reich eines Alchimisten des späten achtzehnten oder frühen neunzehnten Jahrhunderts versetzt. In der Küche hatte Shadowmender einen riesigen Herd mit einem Kessel darauf, und im Wohnzimmer verschwanden die Wände fast völlig hinter Bücherregalen aus Eichenholz. In Leder gebundene und mit goldenen Lettern beschriftete Werke stapelten sich auf sämtlichen Ablageflächen. Daneben seltsame Geräte, Uhren, ausgestopfte Tiere – und auch eine Vielzahl lebendige, unter anderem eine dicke, fette Schlange, die sich auf dem Heizkörper zusammengerollt hatte, und ein Dachs, der in einer schattigen Ecke in einem Hundebett schlief. In dem viktorianischen Kamin brannte ein Feuer, obwohl das Haus keinen Schornstein besaß. Alles in allem war es ziemlich speziell.

Shadowmender zeigte auf einen dick gepolsterten Sessel mit einem mitternachtsblauen Samtbezug, der sehr bequem aussah. Ich verscheuchte die getigerte Katze, die dort geschlummert hatte, damit ich mich setzen konnte. Dass mein Kleid gleich voller Katzenhaare sein würde, störte mich nicht weiter, die könnte ich ja später abbürsten.

„Wie geht es dir, Alf?“ Mit einem wohligen Seufzer ließ sich der alte Zauberer in seinen eigenen Sessel sinken.

Ich wusste, dass er auf den Tod meiner Mutter anspielte. „Mir geht es gut“, antwortete ich. „Ich hatte viel zu tun in letzter Zeit.“ Schuldbewusst stellte ich fest, dass ich nicht allzu oft an meine Mutter gedacht hatte. Da wir uns nicht sehr nahegestanden und ich sie nicht oft gesehen hatte, konnte ich nicht behaupten, dass ihr Verlust mein Leben stark beeinflusst hätte.

„Viel zu tun im Whittle Inn, nicht wahr?“, meinte er lächelnd. Shadowmender war offensichtlich gut informiert.

„Ja. Es ist eine Menge Arbeit.“

„Da wirst du zweifellos auch eine Menge Geduld brauchen. Aber ich bin mir sicher, dass du das schaffst und das Gasthaus ein großer Erfolg wird, wenn es so weit ist.“

„Das hoffe ich doch.“

Wir betrachteten uns einen Moment lang schweigend, und ich rutschte unruhig in meinem Sessel herum.

„Was führt dich hierher, Alf?“, fragte er schließlich.

Mir entfuhr ein Stoßseufzer. Wo sollte ich anfangen? Doch schließlich nahm ich all meinen Mut zusammen und trug ihm stockend mein Anliegen vor: „Ich möchte meine Ausbildung fortsetzen. Ich habe ein paar Probleme mit Leuten, die mich entweder aus dem Whittle Inn vertreiben oder mich zwingen wollen, es zu verkaufen. Oder noch schlimmer, ich fürchte, sie versuchen, es zu zerstören. Ich möchte mich und das Gasthaus schützen können. Und Jed ... meinen Freund."

„Hmm." Der Alte betrachtete mich nachdenklich, bevor er behände aufstand und vor mich hintrat, ohne das leiseste Hinken. Er nahm meinen Kopf sanft zwischen seine Hände, hob mein Gesicht an und schaute mir in die Augen. Ich sah, wie sich seine Pupillen weiteten. So verharrte er eine Weile, schaute tief in mich hinein, und es erschien mir, als würde er meinen Kopf und mein Herz behutsam durchleuchten. Schließlich blinzelte er und wandte den Blick ab, hielt mein Gesicht jedoch weiterhin umfasst.

Nun verstärkte er den Druck an den Seiten meines Schädels. Ich verspürte einen stechenden Schmerz, als er die Hände langsam wegnahm und mit ihnen etwas aus meinem Kopf hinauszog. Seine Handflächen öffneten sich, und der Schmerz ließ nach, bis er schließlich ganz verschwunden war. Er führte die Hände langsam zusammen, als wolle er klatschen, und ich erhaschte einen kurzen Blick auf etwas Schwarzes, Glänzendes, das auf seiner Hand pulsierte, so groß wie ein kleiner Kieselstein. Er zerdrückte dieses Ding zwischen seinen Händen, wodurch eine kleine Staubexplosion und ein zischendes Geräusch entstanden. Zum Schluss schüttelte er seine leeren Hände über dem Kaminfeuer aus, bevor er sie an seinem Hemd abrieb.

„Das brauchst du nicht", sagte er sanft, und ich fragte mich, was er da gerade gemacht hatte.

Als Nächstes nahm er eine durchsichtige Glaskugel vom Tisch neben ihm und hielt sie zwischen uns hoch. Sie spiegelte das Licht des Feuers wider und glitzerte in seiner Hand. Er drehte sie hin und her und studierte das, was er offenbar darin sah. Ich lehnte mich etwas näher hinüber, konnte aber außer einigen Schemen, die über die Oberfläche des Glases huschten, nichts erkennen. Er murmelte etwas, das ich nicht verstand, drehte die Kugel blitzartig um und reichte sie mir dann. Sie war erstaunlich schwer. Ich bewegte sie, so wie er es gemacht hatte, und starrte tief in das Innere des Glases.

„Was siehst du?", fragte er.

„Ich sehe das Whittle Inn!", sagte ich aufgeregt.

„Gut. Ja. Ist mit dem Haus alles in Ordnung?"

„Ja, ich glaube schon. Oh!" Ich lachte entzückt, als ich sah, wie ein winziger Jed in der Mitte der Kristallkugel vom Gasthaus zu seinem Wagen ging. Es war fast, als würde ich eine Videoaufnahme auf meinem Handy sehen. „Da ist Jed. Ob bei ihm auch alles okay ist?“ Er kletterte in seinen Wagen und fuhr davon.

„Dein Haus ist unversehrt. Und deinem Freund geht es gut. Du hast ordentliche Arbeit geleistet, um negative Energien vom Gasthaus fernzuhalten.“

Ich schüttelte den Kopf. „Ich hätte den Kreis größer ziehen müssen, alle meine Grundstücksgrenzen ablaufen sollen. Meine Nachlässigkeit hat mich das Stallgebäude gekostet.“

„Vielleicht“, räumte Shadowmender ein und setzte sich wieder auf seinen Platz, „aber wenn man bedenkt, wie lange es her ist, dass du das letzte Mal Magie dieser Art praktiziert hast, würde ich sagen, dass du es hervorragend hingekriegt hast.“

„Danke.“

„Ich kann mir bestens vorstellen, dass du dich ein wenig eingerostet fühlst, aber glaub mir, du hast alles in dir, um diese schwierige Zeit zu überstehen – alle Fähigkeiten und Kräfte und eine große Stärke. Und darauf kannst du jederzeit zurückgreifen, wenn du sie brauchst. Arbeite weiter an deinen Fähigkeiten.“ Der alte Zauberer nickte. „Ja. Lass die Magie in jeden Bereich deines Lebens einfließen. Und ganz ehrlich? Das hast du wahrscheinlich schon die ganze

Zeit getan.“ Er schmunzelte. „Selbst wenn du dir dessen nicht bewusst warst und nicht wahrhaben wolltest, wer du bist und wozu du fähig bist.“

Er hatte wahrscheinlich recht.

„Du warst eine ausgezeichnete Schülerin. Deine Fähigkeiten werden zurückkommen, wenn du es zulässt.“

„Also kein Nachhilfeunterricht?“

„Du kannst alleine üben. Natürlich wirst du Fehler machen, aber so lernen wir alle, Alf. So werden wir stärker und weiser.“ Er lehnte sich in seinem Sessel ein Stück nach vorne. „Aber scheue dich nicht, die Elder oder unseren Hexenzirkel um Hilfe zu bitten. Wir werden immer an deiner Seite sein, so oder so. Genauso wie deine Vorfahren.“

Weise Worte. Wenn ich meinen Gedanken und Sinnen erlauben würde, sich frei und ungehindert zu entfalten, wenn ich mir selbst erlauben würde, für alles offen zu sein und die Grenzen zu überschreiten, die ich mir selbst auferlegt hatte, würde ich eine bessere Hexe sein. Einfühlungsvermögen, Freundlichkeit, Sensibilität, Stärke und Liebe – das waren die Gaben, die mir verliehen worden waren und auf die ich jederzeit zurückgreifen konnte.

„Wenn du das Gefühl hast, dir fehlen bestimmte Kenntnisse, und das wird früher oder später garantiert der Fall sein, nutze die Bibliothek im Wisdom House. Deine Mitgliedschaft ist nie erloschen, ich hoffe, das weißt du."

Tatsächlich hatte ich das Wisdom House in der Celestial Street völlig vergessen. Viele Stunden hatte ich dort zwischen den jahrhundertealten Regalen verbracht und an den uralten Schreibtischen gehockt, in die Hunderte von Schülern und Wissensdurstigen vor mir ihre Initialen eingeritzt hatten. Auch nach dem Tod meines Vaters hatte ich mich dort gerne aufgehalten. Dieser Ort hatte mir eine Zuflucht vor der Welt geboten. Es gab dort nicht nur Bücher über die Magie der letzten Jahrhunderte in all ihren Ausprägungen, sondern auch immer die neuesten Comics und Zeitschriften rein weltlicher Natur. Wahrscheinlich dachte man sich, wie sonst sollten eingefleischte Hexen und Zauberer die Welt verstehen, in der sie lebten, wenn sie keine Hilfsmittel dazu an die Hand bekamen? Ein Hoch auf die *Cosmopolitan!*

„Du hast recht", sagte ich. „Ich sollte meine Gabe und die magischen Künste ernster nehmen. Danke für deine Ratschläge."

„Dafür bin ich doch da. Um dir dabei zu helfen, zu wachsen und zu lernen. Das müssen wir alle immer wieder, egal wie alt und gebrechlich wir sein mögen.“ Er lachte, und sein faltiges Gesicht strahlte.

„Es gibt noch etwas, worüber ich mit dir reden möchte“, sagte ich und kramte in meiner Tasche nach meinem Notizbuch. Ich schlug die Seite auf, die er sich ansehen sollte, und reichte es Shadowmender.

Er betrachtete meine Zeichnung und runzelte die Stirn. „Wo ist dir der denn untergekommen?“, fragte er. Die grobe Skizze, die sich zwischen all meinen Zeichnungen und Plänen für das Gasthaus befand, zeigte den Ring, den ich an der Leiche gesehen hatte, die hinter meinem Haus lag. Mit roten und goldenen Farbstiften hatte ich versucht, das Schmuckstück so wirklichkeitsgetreu wie möglich darzustellen, auch wenn es mir nicht gelungen war, den faszinierenden Goldschimmer im Inneren des Rubins abzubilden.

„Der Mann, der am Tag meiner Ankunft tot hinter dem Gasthaus lag, trug ihn.“

Shadowmender nickte wissend. Er hatte offensichtlich von dem Vorfall gehört. „Weißt du, was mit dem Ring passiert ist?“

„Ich nehme an, die Polizei hat ihn. Sie haben ihn mitsamt der Leiche zur Obduktion gebracht.“

„Das ist eine Schande.“ Der Zauberer strich sich

nachdenklich über den Bart. „Hast du schon mal vom Zirkel der Querkus gehört?"

„Nein."

„Das ist ein Geheimbund von dunklen Zauberern, Hexern und Druiden. Ausschließlich männliche Mitglieder. Und mit denen sollte man sich nicht anlegen. Sie sind eine Bruderschaft, die sich dem Schutz alter Wälder verschrieben hat, alles streng geheim. Im Großen und Ganzen haben sie gute Absichten, aber ihre Methoden sind, gelinde gesagt, ein wenig *zwielichtig*. In den letzten hundert Jahren gab es immer wieder Gerüchte, dass bestimmte Gruppen innerhalb des Zirkels abtrünnig geworden seien."

Ich war verwirrt. „Was soll das heißen?"

„Wir glauben, dass sich einige Mitglieder abgesetzt und eine neue Gruppe namens *The Mori* gebildet haben. Sie haben sich ködern lassen, sodass sie von ihrem ursprünglichen Weg abgekommen sind. Es geht um Geld. Macht. Die übliche Geschichte. Anstatt die großen Waldgebiete auf der ganzen Welt zu schützen, versuchen sie nun, ihre Brüder, den Zirkel der Querkus, auszuschalten, damit sie über das Land frei verfügen und es nach ihren Vorstellungen nutzen können. Das wird ihnen aber nur gelingen, wenn sie jeden Hektar Wald zerstören, den sie in die Finger bekommen, denn wenn es keine Wälder mehr gibt, kann der einflussreiche Zirkel der Querkus nichts mehr ausrichten."

Ich starrte ihn entsetzt an. Die Mori zerstörten die Wälder?

„Zu diesem Zweck haben sie sich mit Normalsterblichen verbündet, eine hinterhältige, unnatürliche Allianz, um sich auf feige Weise Macht und Ruhm zu erschleichen." Shadowmender sah mich unverwandt an. „Mit den Mori ist nicht zu spaßen, das kann man nicht oft genug betonen. Es kursieren Gerüchte über Erpressung, Verrat und Mord sowie korrupte Machenschaften in den höchsten Kreisen. Dieser Ring, den du gesehen hast, ist ursprünglich der des Querkus-Zirkels, allerdings in Grün."

„Nicht in Rot?"

„Die rote Version tragen nur die Mori."

„Das Mordopfer war also ein Mitglied der Mori?"

„Es scheint so."

Das brachte mich noch mehr durcheinander. „Aber was wollen sie mit meinem Gasthaus?"

„Ich gehe davon aus, dass das Whittle Inn selbst für sie nicht wirklich von Interesse ist."

In diesem Moment ging mir ein Licht auf. Wie dumm von mir, vorschnell anzunehmen, meine

Widersacher hätten es auf das Haus abgesehen. „Natürlich, jetzt verstehe ich es auch!“ Ich schlug mir mit der Hand gegen die Stirn. „Das Gasthaus und das Grundstück, auf dem es steht, sind Nebensache. Aber sie gehören zu dem Anwesen, das ich geerbt habe und das zu einem großen Teil aus *Wald* besteht, der wiederum Teil eines viel größeren Waldgebiets um Whittlecombe ist. Shady Wood ist nur der äußere Zipfel davon.“

„Genauso ist es“, erwiderte Shadowmender ruhig, aber sein Gesicht war besorgt.

„Wie soll ich eine Armee von Mori abwehren, die unbedingt meine Bäume zerstören will?“, fragte ich beunruhigt.

„Keine *Armee*“, sagte der alte Zauberer. „Mach dir da keine Sorgen. Aber sie gehen clever vor. Sie werden ein Team von Normalsterblichen haben, das ihnen hilft, denn so läuft das im einundzwanzigsten Jahrhundert. Sie müssen gemeinsame Sache mit der Lokalpolitik machen, mit Bürokraten, Verwaltern und Kapitalgebern. Du darfst niemandem trauen.“

Entsetzt dachte ich an die Dorfbewohner in Whittlecombe, die ich in den letzten Wochen kennengelernt hatte – an Rhona und Stan, Millicent und Jed, Talbot-Lloyd und all die anderen. Freunde oder Feinde? Plötzlich wurde ich von dem Gefühl überwältigt, vollkommen allein dazustehen. „Oh“, stammelte ich, „ich bin so naiv gewesen.“ Meine Knie schlotterten, sodass ich froh war, in dem alten Sessel zu sitzen.

Shadowmender beugte sich vor und tätschelte meine Hand. „Es ist in der Tat eine glückliche Fügung, dass du heute hierhergekommen bist. Hab keine Angst, Alfhild. Ich werde dir Leute zur Verstärkung schicken. Gemeinsam können sie einen größeren Schutzkreis um das Gasthaus *und* den Shady Wood ziehen.“ Er lächelte augenzwinkernd. „Und du wirst dich nicht mehr so allein fühlen.“

Meine Augen füllten sich mit Tränen, weil er verstanden hatte, was ich nicht zu hoffen wagte. „Danke“, flüsterte ich.

„Du wirst dich aber auch gegen diejenigen wehren müssen, die mit *legalen* Mitteln versuchen, dir das zu nehmen, was dir rechtmäßig gehört.“ Er betonte das Wort *legal*. „Diese raffinierten Taktiken, mit denen der Mensch vorgeht – Enteignung, Stadtplanung und dergleichen. Die Mori werden Verbündete in hohen Positionen haben. Du musst dich vor ihnen in Acht nehmen. Wer ist dein Anwalt?“

„Penelope Quigwell.“

„Ah, ausgezeichnet. Erzähl ihr alles. Sie wird dir helfen.“

„In Ordnung“, sagte ich. Ich wollte sie sowieso aufsuchen. „Ich denke, das hier solltest du dir ansehen“, fuhr ich fort und griff erneut in meine Tasche, um den Zeitungsbericht und die Zeichnung des Opfers herauszuholen. „Das ist der Mann, der gestorben ist. Erkennst du ihn?“

Ich reichte ihm die Zeitung, und interessiert studierte Shadowmender den Artikel. Er schüttelte den Kopf. „Das ist der Kerl, der den Ring trug? Er ist mir nie begegnet.“

Nun war ich ehrlich gesagt doch ein wenig enttäuscht. Wenn ich wüsste, wer das Opfer war, könnte ich vielleicht herausfinden, mit wem er unter einer Decke gesteckt hatte.

„Die Mori stehen nicht gerne im Rampenlicht. Das haben sie mit ihren Brüdern im Zirkel der Querkus gemein. Über ihre Mitglieder ist kaum etwas bekannt, und das ist ihnen auch lieber so. Aber es *gibt* einen Zauberer in deiner Gegend, der dieses Gesicht womöglich wiedererkennt, vorausgesetzt, der Kerl stammte ebenfalls von dort. Ich bringe dich mit ihm in Kontakt. Sein Name ist Mr. Kephisto. Er betreibt den Storykeeper, eine Buchhandlung in Abbotts Cromleigh, nicht weit von Whittlecombe entfernt, wenn ich mich recht erinnere.“

Ich beobachtete, wie er die Zeitung glattstrich

und das Bild erneut betrachtete, um es zu verinnerlichen. „Weißt du, es gibt da eine interessante Wendung, die wir nicht bedacht haben, Alf."

„Was meinst du?" Ich starrte ebenfalls auf das Bild.

„Jemand da draußen ist auf deiner Seite, und dieser Jemand hat dir einen Gefallen getan, indem er den Mann ermordete."

Ich dachte über seine Worte nach. Wer auch immer diese Person war, er oder sie hatte ein Mitglied der Mori mit Absicht getötet und dabei genau gewusst, was auf dem Spiel stand. „Ja, du hast recht, so muss es gewesen sein! Ich habe die Ergebnisse der Obduktion gehört. Ich glaube, der Täter hat den Medb-Fluch benutzt. Gebrochene Knochen, aber keine anderen Verletzungen."

Der Zauberer zog seine buschigen Augenbrauen hoch. „Der Fluch der Medb ist in der Tat mächtige Magie. Es gibt also eine andere Hexe oder einen Zauberer in deiner Nähe. Vielleicht hat derjenige sich dir bereits zu erkennen gegeben, vielleicht aber auch nicht. Ich rate dir dringend, mit Kephisto zu sprechen. Er sollte dir helfen können. Wir wollen schließlich nicht, dass in Devon am Ende noch ein Krieg zwischen Paranormalen ausbricht."

Ich stand auf, um mich zu verabschieden.

Shadowmender folgte mir zur Tür und schnappte sich seinen Spazierstock. Als wir nach draußen in seinen schönen Garten traten, nahm er wieder seine gebückte Haltung ein.

„Überleg dir gut, wie du vorgehen willst, Alf. Und halte mich auf dem Laufenden. Ich schicke dir Hilfe, so schnell es geht."

Kapitel 18

Gefahr erkannt, Gefahr gebannt, so sagt man. Und als ich die Celestial Street erreichte, stellte ich fest, dass ich mich tatsächlich weniger besorgt und stattdessen irgendwie geerdeter fühlte. Sicher, allem Anschein lauerten ein paar gefährliche dunkle Zauberer vor meiner Haustür, und wahrscheinlich hatten sie sich noch dazu mit Gladstone Talbot-Lloyd und Charles Pimm verbündet, um einen Weg zu finden, mir mein Land zu entreißen, aber jetzt wusste ich, dass ich auch Leute auf meiner Seite hatte. Shadowmender hatte versprochen, mir Unterstützung zu schicken, und anscheinend hatte ich zumindest schon *einen* Verbündeten in Whittlecombe. Aber wer könnte das sein?

Die naheliegendste Antwort war Millicent, obwohl ich sie nicht als Mitglied einer streng geheimen Organisation wie dem Zirkel der Querkus eingeschätzt hätte. Aber vielleicht konnte sie einfach nur wahnsinnig gut bluffen und dieses Geheimnis vor aller Welt verbergen. Die ganze Sache wurde immer komplexer, und mir schwirrte der Kopf.

Vor dem Full Moon Inn blieb ich stehen und überlegte, ob ich mir ein Zimmer für die Nacht nehmen sollte. Ich hatte mir vorgenommen, Penelope Quigwell einen unangemeldeten Besuch abzustatten. Wenn sie sich weigerte, mich direkt zu empfangen, würde ich so lange dort ausharren, bis sie nachgab. Ich brauchte Antworten. Ich wollte wissen, wohin ein Teil des Geldes, das ich geerbt hatte, geflossen war, denn es schien verschwunden. Vor meinem Besuch bei Shadowmender hatte ich ernsthaft an ihrer Loyalität gegenüber ihren Klienten gezweifelt und mich gefragt, ob sie mich betrogen hatte. Doch die Tatsache, dass der alte Zauberer offenbar große Stücke auf sie hielt, gab mir zu denken. Hmm, die Zeit würde es zeigen. Wenn ich heute nicht mit Penelope sprechen könnte, würde ich im Full Moon übernachten und versuchen, sie am nächsten Morgen zu erwischen.

Mit meiner Reisetasche über der Schulter schlenderte ich zum Uhrengeschäft hinüber. Während ich abwesend durch das Fenster guckte und über eine Strategie für das Gespräch mit der Anwältin nachdachte, erstarrte ich plötzlich. An der Kasse stand doch tatsächlich Charles Pimm, mein Immobiliengutachter, der gerade einen Einkauf zu bezahlen schien. Er trug einen schicken Anzug, sein Haar war streng zur Seite gekämmt, und er sah ganz anders aus als der Mann, den ich vor ein paar Tagen auf dem Feld neben meinem Grundstück gesehen hatte. Was hatte er in der Celestial Street zu suchen?

Dann trat er mit eiligen Schritten aus dem Laden heraus und kam direkt auf mich zu. Erschrocken wandte ich mich ab und kauerte mich vor dem Fenster so klein wie möglich zusammen. Als er an mir vorbeiging, hielt ich den Atem an und betete, dass er mich nicht erkennen möge. Zum Glück tat er das nicht. Er marschierte schnurstracks weiter, ohne einen Blick in meine Richtung zu werfen, und drückte an der Tür zu meiner Linken auf die Klingel. Er wollte in die 14b!

Ich hörte, wie die Gegensprechanlage knisterte und er seinen Namen nannte. Der Türdrücker summte und er trat ein. Blitzartig folgte ich ihm und erreichte die Tür noch gerade so, bevor sie zuschlug. Ich hielt sie nur einen Spalt auf, damit sie nicht zuschlug, um Pimm genug Zeit zu geben, die Treppe hinaufzusteigen. Keinesfalls sollte er mitbekommen, dass ich ihm gefolgt war. Als ich ihn außer Sichtweite vermutete, stieß ich die Tür leise auf, schlüpfte hinein und schlich hinter ihm her die Treppe hinauf.

Auf halber Höhe, wo die Treppe eine Kurve beschrieb, hielt ich auf dem Treppenabsatz inne. Wenn ich noch höher stieg, würde man mich vielleicht entdecken, und das wollte ich unbedingt vermeiden. Wie es der Zufall wollte, war Penelope Quigwells kauziger Assistent nicht an seinem Platz am Empfang, und so kam die Anwältin selbst aus ihrem Büro, um Pimm zu begrüßen.

„Haben Sie, was ich brauche?“, fragte er in einem arroganten Ton.

„Niemand kann Ihnen liefern, was Sie brauchen“, antwortete Quigwell mit eisiger Stimme.

„Sie müssen sich mehr anstrengen“, entgegnete Pimm. „Wir haben eine Vereinbarung.“

„Nehmen Sie das und verschwinden Sie!“, schoss Quigwell zurück. „Ich will nicht, dass Sie hier jemand sieht.“ Ich blickte alarmiert die Treppe hinunter. Wollte er etwa schon wieder gehen? Und was hatte sie ihm gerade gegeben? Alarmiert wich ich einen Schritt zurück.

„Wir brauchen Ihr Geld nicht, meine Liebe.

Besorgen Sie uns die Urkunden für das Land!“, knurrte Pimm.

„Es wird nicht mehr lange dauern, da bin ich mir sicher. Ende des Monats ist sie pleite, und wir können die Zwangsvollstreckung einleiten. Dann kann ich das alles sehr schnell unter Dach und Fach bringen.“

Redeten sie über mich und mein Gasthaus? Kalte Wut durchströmte mich. Nur zu gerne wäre ich die Treppe hinaufgestürmt und hätte sie zur Rede gestellt, aber etwas hielt mich davon ab. Was würden sie tun, wenn sie wüssten, dass ich ihre Pläne kannte? Vorsichtig schlich ich rückwärts die Treppe hinunter.

„Sehen Sie zu, dass Sie bereit sind, sofort loszulegen, wenn ich Ihnen das Go gebe“, befahl Pimm.

Quigwell murmelte eine Antwort, die ich nicht mehr verstehen konnte. Dann verabschiedeten sie sich. Immer hastiger bewegte ich mich nach unten, da ich Pimms Schritte nun auf der knarrenden Treppe über mir hörte. Ich riss die Haustür auf und stürzte auf die Straße, um ein Versteck zu suchen, denn ich war mir sicher, dass sie mich gehört haben mussten. Der Uhrenladen!

Ich rannte hinein und quetschte mich flink zwischen zwei Standuhren an einer Seitenwand. Mit angehaltenem Atem beobachtete ich von dort aus, wie Pimm aus der 14b trat. Er stemmte eine Hand in die Hüfte und biss sich auf die Unterlippe, dann wanderte sein Blick die Celestial Street hinauf und wieder zurück, bevor er sich umdrehte und in den Uhrenladen starrte. Eine grauenhafte Sekunde lang sah er mich direkt an. Mein Herz blieb stehen! Er musste mich doch sehen! Aber er reagierte nicht. Just in dieser Sekunde, um Punkt vier, fingen alle Uhren im Laden an zu läuten. Eine Kakophonie von Klingeltönen brach um mich herum los. Pimm schnitt eine Grimasse, machte auf dem Absatz kehrt und stolzierte die Straße hinunter in Richtung der Buchhandlung.

Als ich sicher war, dass er nicht zurückkommen würde, verließ ich mein Versteck und eilte auf die Straße, um zu beobachten, wo er hinwollte. Ich bemerkte, dass er sich nervös zu beiden Seiten umschaute, bevor er aus meinem Blickfeld verschwand. Erleichtert atmete ich auf, entspannte mich ein wenig und schaute zurück in den Uhrenladen. Der Besitzer hatte alles beobachtet und musterte mich vielsagend, als wisse er Bescheid. Ich betrachtete ihn aufmerksam und versuchte, seine Absichten festzustellen, wartete darauf, ob er etwas sagen würde, aber er lächelte nur und nickte mir zu.

Misstrauisch spähte ich nach oben zu den Fenstern der Büros über den Geschäften, wo die Kanzlei lag. Quigwell war nicht zu sehen. Hatte sich Shadowmender etwa in ihr getäuscht? Ich war mir nicht sicher, ob ich ihr überhaupt noch trauen konnte. Erleichtert, dass ich unentdeckt entkommen konnte, hielt ich mich in den Schatten der Häuser, während ich auf leisen Sohlen davonschlich. Ich beschloss, sofort zurück nach Devon zu fahren, um weitere Probleme zu vermeiden, und auf diesem Weg auch gleich Mr. Kephisto einen Besuch abzustatten.

Kapitel 19

Als ich beim Buchladen The Storykeeper in Abbotts Cromleigh ankam, war es schon fast zehn Uhr abends. Da der Ort keinen eigenen Bahnhof besaß, musste ich eine quälend lange Busfahrt von Exeter aus in Kauf nehmen, auch wenn die Straßen um diese Zeit glücklicherweise frei waren. Vielleicht hätte ich mich direkt auf den Weg zum Gasthof machen sollen, aber meine Intuition sagte mir, das Eisen zu schmieden, solange es heiß war. Ein milchiger Mond stand am Himmel, und die Sterne leuchteten hell über mir. In der Buchhandlung war alles dunkel, aber aus den Fenstern der Wohnung darüber drang ein Lichtschein.

Das Gebäude, in dem sich der Laden befand,

lag in einer engen Gasse und musste etwa so alt wie das Whittle Inn sein. Seine Fassade wölbte sich wie der Bug eines Schiffes, doch anders als das Gasthaus wirkte es sehr gepflegt. Der Anstrich schimmerte strahlend weiß, obwohl es schon recht dunkel war.

Unsicher blieb ich vor der Tür stehen, und während ich noch überlegte, wie ich vorgehen sollte, klickte es im Schloss und die Tür schwang nach innen auf. Langsam stieg ich ein paar Stufen hinauf und trat ein. Der Geruch von Büchern lag in der Luft und kitzelte meine Nase. Die Tür hinter mir schloss sich von alleine wieder ab. Dennoch beunruhigte mich das nicht. Die Buchhandlung strahlte etwas Friedliches aus. Ich folgte dem Lichtschein und stieg eine unglaublich klapprige Treppe, die unter mir zu wackeln schien, zum Zwischengeschoss hinauf.

Eine große schwarze Krähe, die stoisch auf einer Stange hockte, beobachtete meine Ankunft mit Interesse. „Kephisto!“, rief sie, und in ihren schwarzen Augen lag ein scharfsinniges Funkeln. „Kephisto!“

Ich zuckte erschrocken zusammen, als ich bemerkte, dass ein alter Mann in einem großen Sessel neben den Bücherregalen saß, keine zwei Meter von mir entfernt. „Ich hab's vernommen, Caius!", rief er. „Jetzt sei still." Ich hatte ihn gar nicht bemerkt.

„Hallo", sagte ich.

„Sei gegrüßt, Reisende", antwortete Kephisto und stand auf, um mir die Hand zu schütteln. „Du bist Alfhild, nehme ich an? Du hattest einen langen Tag. Ich bin Kephisto. Shadowmender hat mich informiert, dass du mich besuchen würdest."

„Alf", sagte ich. „Sie können mich Alf nennen. Tut mir leid, dass es so spät geworden ist."

„Das ist kein Problem, Zeit ist relativ. Du musst müde sein. Ich habe uns einen Tee gemacht." Er deutete auf einen kleinen Tisch, auf dem eine Teekanne, Tassen und Untertassen sowie ein Teller mit Sandwiches und Mini-Quiches standen.

Hmm! Genau mein Ding.

„Danke, das ist sehr nett", erwiderte ich und war in der Tat sehr dankbar für seine Fürsorglichkeit. Ich war so panisch durch London geeilt, um meinen Zug zu erwischen, dass ich nirgendwo angehalten hatte, um mir etwas zu essen zu kaufen, und im Zug nach Exeter hatte es weder einen Speisewagen noch irgendwelche Snacks gegeben. Die Fahrt war anstrengend gewesen. Ich hatte mich besorgt in meinen Sitz gekauert und mir die ganze Zeit ausgemalt, dass Pimm auch im Zug sein und jeden einzelnen

Waggon nach mir absuchen könnte. Jeden Moment rechnete ich damit, dass er plötzlich vor mich auftauchen würde.

Völlig erschöpft ließ ich mich in den Sessel sinken, den Kephisto mir mit einem Wink angeboten hatte, und wurde von dem Gefühl überwältigt, auf der Stelle einschlafen zu können. Stattdessen nahm ich mir ein Thunfischsandwich und sah zu, wie Kephisto mir Tee einschenkte. Die bernsteinfarbene Flüssigkeit glühte im sanften Licht der zahlreichen Lampen, die überall im Raum verteilt waren. *Ah, Tee!* Gab es ein besseres Allheilmittel? Ein einziger Schluck schien meine verkrampften Schultern zu lockern und die Anspannung in mir zu lösen.

„Was ist denn da drin?“, fragte ich und nippte noch einmal an dem Gebräu.

„Ach, nichts Besonderes. Lavendel, Kamille und einige andere Kräuter“, antwortete Kephisto.

„Sollte ich mir Sorgen machen?“, überlegte ich laut. „Langsam weiß ich nicht mehr, wer meine Feinde und wer meine Freunde sind.“

Kephisto lachte fröhlich. „Tja, meine Liebe, das kommt ganz darauf an, was du willst. Aber wenn ich dich daran erinnern darf: *Du* bist heute zu *mir* gekommen.“

Da hatte er recht.

„Shadowmender hat mir geraten, Sie aufzusuchen. Er sagte, Sie kennen viele Leute hier im Westen des Landes.“

„Das ist wohl wahr. Viele, aber gewiss nicht alle. Suchst du jemand Bestimmtes? Hast du einen Namen?“

„Wie er heißt, weiß ich nicht“, sagte ich, stellte meinen Tee auf dem Tisch ab und griff nach meiner Tasche. „Ich habe nur ein Bild von ihm, ein Phantombild von der Polizei.“ Ich reichte Kephisto den Zeitungsartikel, der ihn ins Licht hielt und eingehend studierte. „Als ich vor ein paar Wochen im Whittle Inn ankam, fand ich diesen Mann tot auf der Rückseite des Hauses. Zunächst dachte ich, dass er versucht hätte, bei mir einzubrechen, oder dass er von jemandem getötet und dort zurückgelassen wurde, um mir Angst einzujagen. Erst war ich nicht übermäßig besorgt.“

Kephisto schaute mich über seine Brille hinweg an. „Und ... warum hast du deine Meinung geändert?“

Ich antwortete nicht sofort, denn ich wollte erst hören, was Mr. Kephisto über die Person auf dem Bild zu sagen hatte. Er lächelte mich ein wenig schief an und betrachtete dann erneut das Bild.

„Also, es ist schon ein paar Jahre her, aber ...

Hmm. Ich würde sagen, das ist Edvard Zadzinsky. Seine Vorfahren – mächtige Hexenmeister – kamen aus Osteuropa. Sie waren allesamt Mitglieder des Zirkels der Querkus, so heißt es zumindest."

„Shadowmender hat mir vom Zirkel der Querkus erzählt, aber diesen *Edvard* kannte er nicht."

„Ich bin überrascht, dass Shadowmender nie von ihm gehört hat. Er war schon als Kind mit allen Wassern gewaschen. Von Anfang an. Als ich ihn kennenlernte, war er noch ein kleiner Junge, und bereits damals war er meisterlich darin, zu lügen und andere zu manipulieren. Er hat gerne seine Geschwister und Freunde gegeneinander ausgespielt. Ehre war für ihn ein Fremdwort. Ließ nie ein gutes Haar an anderen und übernahm nie die Verantwortung für das, was er getan hatte oder für die Probleme, die er verursacht hatte. Ich habe mich in seiner Gegenwart immer ausgesprochen unwohl gefühlt. Vor etwa vierzig Jahren ist er von meinem Radar verschwunden. Hier und da habe ich ihn mal kurz gesehen, aber ich weiß nicht, was er seither getrieben hat." Kephisto holte ein Tuch aus der Tasche, nahm seine Brille ab und begann, sie zu reinigen. Ich sah ihm an, dass er nachdachte, also verharrte ich schweigend in meinem Sessel.

Schließlich setzte er sich die Brille wieder auf und nickte mir zu. „Du hast ihn tot aufgefunden, sagtest du?"

„Ja. Die Obduktion ergab Frakturen an allen großen Knochen und multiples Organversagen, aber kein äußeres Trauma."

„Der Fluch der Medb", murmelte Kephisto.

Ich nickte. „Shadowmender meinte, er sei wohl ein Mitglied der Mori gewesen?"

„Leider ist das sehr wahrscheinlich", antwortete Kephisto. „Da gehen höchst besorgniserregende Dinge vor sich."

„Für mich wäre erst mal wichtig zu wissen, für wen dieser Edvard arbeitete. Ich muss genau wissen, wer meine Feinde sind und wem ich vertrauen kann, wenn ich das Whittle Inn wieder zum Laufen bringen will." Nachdenklich rieb ich mir die Hände. „Gerade heute Nachmittag habe ich herausgefunden, dass meine Anwältin mit dem Immobiliengutachter, den ich beauftragt hatte, gemeinsame Sache macht. Es sieht so aus, als würden sie zusammen versuchen, mir das Gasthaus und mein Land wegzunehmen. Aber ich weiß nicht, ob es noch jemanden gibt, vor dem ich mich in Acht nehmen sollte. Stecken sie alle mit den Mori unter einer Decke?"

„Dein Misstrauen ist angebracht, und ich denke

auch, dass sich mehrere Personen verbündet haben. Die Mori arbeiten vermutlich eng mit Normalsterblichen zusammen, um Land zu gewinnen und gleichzeitig die Wälder zu zerstören. Wer würde am meisten von der Zerstörung deines Landes profitieren, kennst du da jemanden?“, fragte Kephisto.

„Gladstone Talbot-Lloyd wahrscheinlich. Ihm gehört bereits viel Land, und er würde gerne expandieren und Häuser auf dem Feld neben meinem Grundstück bauen.“

„Gladstone Talbot-Lloyd?“, wiederholte Kephisto. „Der Name kommt mir bekannt vor. Den werde ich mir mal genauer ansehen und dich dann informieren.“

Ich nickte und gähnte, wobei ich mir rasch die Hand vor den Mund hielt. „Entschuldigung“, sagte ich. „Ich wollte nicht unhöflich sein. Ich bin einfach so erschöpft.“

„Du solltest heute Nacht hierbleiben“, erwiderte der Zauberer, woraufhin ich nur mit dem Kopf schüttelte, weil ich so schnell wie möglich zum Gasthaus zurückkehren wollte. Doch er bestand darauf. „Um diese Zeit ist es nicht einfach, nach Whittlecombe zu kommen. Es ist viel besser, wenn du dich jetzt ausruhst und gleich morgen früh aufbrichst. Ich habe oben eine Liege, die kannst du gerne benutzen, es sei denn, du willst lieber im Sessel schlafen.“

Er hatte recht, und ich war zu müde, um zu widersprechen. „Ich gebe nur Jed eben Bescheid, dass ich nicht nach Hause komme“, sagte ich, nahm mein Telefon und tippte auf seine Nummer. Als er nicht abnahm, hinterließ ich eine Voicemail und schrieb ihm sicherheitshalber eine Nachricht.

„Alles erledigt?“, fragte Mr. Kephisto lächelnd, und ich nickte.

Ich erhob mich, um dem alten Zauberer zu folgen, doch da piepste mein Telefon. Ich warf einen Blick auf das Display. Eine Nachricht von Jed. *Sorry, hab deinen Anruf nicht gehört. Bin auf ein Bier im Hay Loft. Bis morgen früh!*

Das Bier hatte er sich verdient, dachte ich. Nur Arbeit und kein Vergnügen taten niemandem gut. Ich legte das Telefon auf den Tisch, ließ meine Jacke und Tasche, wo sie waren, und folgte Mr. Kephisto nach oben. Binnen Sekunden war ich eingeschlafen, sogar noch bevor er mir eine Decke geben konnte. Nur wenige Stunden später jedoch wachte ich auf und lauschte hellwach dem Knarren und Ächzen des fremden alten Hauses. Die Liege war nicht gerade gemütlich, wie ich nun bemerkte, und mein Herz klopfte lautstark, während ich versuchte, meine

Gedanken zu ordnen und mir einen Reim auf all die Geschehnisse zu machen.

Shadowmender schien mir wirklich helfen zu wollen und seine Freunde auch, einschließlich Kephisto, obwohl sie mich nicht kannten, doch warum überhaupt hatte ich – oder vielleicht das Gasthaus – die Aufmerksamkeit der Mori auf sich gezogen? Außerdem hatte jemand ein Mitglied der Mori getötet, und ich war mir noch nicht sicher, ob der Mörder ein Freund oder ein Feind war. Und solange ich nicht wusste, wer dieser Jemand war, würde ich das auch nicht beurteilen können. Noch dazu wollten einige Normalsterbliche mein Land an sich reißen, und zufälligerweise waren die Mori bereit, ihnen dabei zu helfen. In der Tat eine verstrickte Situation.

Während ein großer Teil von mir sich danach sehnte, so schnell wie möglich zum Gasthaus zurückzukehren, wollte der andere, kleinere Teil am liebsten die Beine in die Hand nehmen und weit weglaufen, irgendwohin, wo man mich niemals finden würde. Ich wälzte mich noch eine Weile hin und her, doch irgendwann holte mich der Schlaf wieder ein.

Kapitel 20

Abbotts Cromleigh und Whittlecombe lagen im Grunde nur einen Steinwurf voneinander entfernt, durch einen Fluss getrennt, über den jedoch keine Brücke führte. Das bedeutete, dass man fast den ganzen Weg zurück nach Exeter mit dem Bus fahren musste, um dann in einen anderen Bummelbus umzusteigen und auf der gegenüberliegenden Uferseite wieder zurückzufahren. Ein Besenstiel würde die Sache erleichtern, fuhr es mir durch den Kopf. Oder vielleicht sollte ich den Führerschein machen.

Nach einer frustrierend langen Fahrt konnte ich endlich in Whittlecombe aussteigen. Halb gehend, halb joggend ließ ich das Dorf hinter mir und eilte die Straße hinauf zu meinem schrägen Gasthaus. Als es schließlich vor mir lag, hielt ich inne und betrachtete es liebevoll. Jed trat aus der Eingangstür, und ich winkte ihm zu.

„Jed!"

Er strahlte, als er mich sah. „Gut, dass du da bist. Ich hatte mir schon Sorgen gemacht!" Er umarmte mich. Das tat gut.

„Sorry, dass ich es gestern Abend nicht mehr geschafft habe", sagte ich und genoss es, wieder in seiner Nähe zu sein. „Ich hatte dir ja gesagt, dass ich eventuell über Nacht bleiben würde."

„Alles gut, kein Problem. Es ist nur so, dass wir Gäste haben. Ich habe versucht, ihnen zu erklären, dass das Gasthaus noch nicht bewohnbar ist, aber sie hören einfach nicht auf mich. Sie bestehen darauf, hierzubleiben."

„Gäste?", fragte ich stirnrunzelnd. „Vielleicht sind das die Leute, die Shadowmender geschickt hat, um uns zu helfen."

„Shadowmender? Und wobei wollen sie helfen?"

„Ich muss dir eine Menge erklären, Jed."

Eine Gestalt in einem knallroten mit einem gelben Hawaiihemd und passenden gelben Knickerbockers erschien an der Tür. Sein Haar war schwarz gefärbt und à la Elvis in den Fünfzigern gestylt, mit langen Koteletten.

„Hey, Jed“, murmelte er. „Wäre es okay, wenn wir ein paar Hähnchen in den Ofen schieben? Wir kriegen langsam tierisch Kohldampf, weißt du?“ Er entdeckte mich und nickte mir zu. „Hey, Baby! Bist du Alfhild?“

„Alf, ja.“ Ich reichte ihm die Hand. „Und Sie sind?“

„Mortimer Bowe zu deinen Diensten, Schätzchen. Für jeden Anlass gekleidet und für jeden Einsatz bereit.“

„Großartig!“, flötete ich. Die Wahl seines Outfits war wirklich *interessant*, um es mal vorsichtig auszudrücken.

„Wir haben eine Nachricht von Shadowmender erhalten und freuen uns, dass wir dir helfen können, da wir ja praktisch Nachbarn sind.“

„Woher kommt ihr denn?“

„Lostwithiel.“

Cornwall. Sehr schön. „Ich bin froh, dass ihr hier seid, Mortimer.“

„Es ist uns ein Vergnügen.“ An Jed gewandt fragte er: „Was ist jetzt mit den Hähnchen?“

„Die sind aber noch gefroren“, gab Jed leicht irritiert zurück.

„Keine Sorge, Kumpel, das regeln wir schon.“ Er

eilte hinein, und ich konnte hören, wie er jemandem etwas zurief.

Ich suchte Jeds Blick. „Wieso will er gleich mehrere Hähnchen zubereiten? Wie viele Gäste haben wir denn?“

„Etwa ein Dutzend“, antwortete Jed, und mir blieb der Mund offenstehen.

„So viele? Wo sollen wir die denn alle unterbringen?“

Jed zuckte übertrieben mit den Schultern. „*Ich* bin nicht die Gastgeberin. Ich bin nur der Anstreicher“, sagte er ungerührt. Ich gab ihm einen Klaps auf den Arm. „*Aua*.“

„Echt jetzt, ein Dutzend?“, fragte ich erneut, trat eilig in den Eingangsbereich und linste in den Gastraum. Auf meinen bunt zusammengewürfelten Stühlen lümmelte ein noch viel bunterer Haufen von Leuten, und ein Typ, der wohl keinen Stuhl mehr abbekommen hatte, hockte auf Jeds Leiter.

Ich huschte wieder zu Jed. „Sind das alles solche Originale wie Mortimer?“

„Oh, er ist die Krönung, würde ich sagen.“

„Das kann ja heiter werden“, antwortete ich und versuchte mich mental auf das vorzubereiten, was auch immer da kommen mochte.

Es stellte sich heraus, dass Zauberer Shadowmender mir ein buntes Potpourri aus Hexen und Zauberern zur Unterstützung geschickt hatte, die sich jedoch alle als große Hilfe erweisen sollten. Mortimer und seine Partnerin Virginia waren Heckenhexen, die mit der Pflege der Wälder um Restormel Castle und den Fluss Fowey in der benachbarten Grafschaft Cornwall beauftragt waren. Sie hatten sich gleich mit Red Daltry angefreundet, einem echten Grafen und Hexenmeister, der derzeit im New Forest residierte, und ebenso mit Rhys Talog, einem Zauberer aus dem Gwydir Forest in Betws-y-Coed.

Daneben hatten sich drei Druiden aus Somerset bei mir eingefunden, Rafe, Lois und Simon, außerdem drei Hexen aus den Highlands, Bob, Tess und Andrew. Dann gab es da noch einen kleinen Hexer, dessen Gesicht an ein Wiesel erinnerte und der behauptete, er stamme von einem Elf ab. Sein Name war Finbarr. Er schien mit Jemima zusammen zu sein – ein ungewöhnliches Paar, denn mit ihren gut zwei Metern überragte sie Finbarr um mindestens einen halben Meter. Jemima stammte aus Brighton und hatte Bryony mitgebracht, die leuchtend grüne Dreadlocks trug, sowie Tiger, einen jungen Goth, der dem verstorbenen Brandon Lee verdammt ähnlich sah. Insgesamt waren es vierzehn Gäste.

In den nächsten Stunden versuchte ich, Schlafplätze in den seit Jahren unbenutzten Räumen herzurichten, während Jed sich bemühte, die Truppe mit Essen zu versorgen.

Eines musste man ihnen lassen: Sie waren zwar ein Haufen von Sonderlingen, aber sie schienen ein anständiger Haufen zu sein, auch wenn sie mich immer wieder an den Rand der Verzweiflung brachten. Red hätte beispielsweise beinahe ein Lagerfeuer mitten im Eingangsbereich angezündet und wahrscheinlich dort einen Krater verursacht, wenn Jed ihn nicht geduldig darauf hingewiesen hätte, dass es im Gastraum einen Kaminofen gab, der einfach nur gekehrt werden müsse. Daraufhin bot Finbarr an, einen Schornsteinfeger herbeizuzaubern, und bevor ihn jemand daran hindern konnte, erschien plötzlich ein kleiner Berg Holzspäne auf dem Boden, aus dem eine Kolonne von Elfen, alle nicht mal dreißig Zentimeter groß, hervorsprang. Sie setzten sich augenblicklich in Bewegung und huschten den Schornstein hinauf. Sogleich ertönten eifrige Kehrgeräusche, als hätten sie Tausend winzige Besen. Plötzlich prasselten jahrhundertealter Ruß, Taubenknochen und Vogelnester aus dem Kamin nach unten und hüllten uns in eine dicke, dunkle Staubwolke. Jeds Gesicht sah aus wie versteinert, während ich mich duckte und mir die Hände schützend über den Kopf hielt. Virginia lachte.

„Ach, das ist doch nur ein bisschen Ruß!“, rief sie mir zu. „Pass mal auf, hier brennt gleich ein schönes Feuerchen.“

„Puh, ich glaube, wir müssen hier erst mal saubermachen“, erwiderte ich und deutete auf den Schutt und die dicke Staubschicht, die nun alles bedeckte. Aus bitterer Erfahrung wusste ich, wie schnell sich der Dreck im gesamten Gasthaus ausbreiten konnte.

„Dann beschwöre doch dein Gefolge herauf!“, schlug Finbarr mit seinem melodischen irischen Akzent vor.

„Mein Gefolge?“, fragte ich verwirrt, sah mich um und hoffte, nicht noch mehr von Finbarrs Elfen zu entdecken.

„Habt ihr jemals eine Hexe mit so viel Gefolge gesehen?“, wandte sich Finbarr an die Runde. Jeder einzelne von ihnen schüttelte den Kopf.

„Und ich habe auch noch nie so viel Gefolge auf einem Fleck gesehen, das dermaßen darauf brennt, uns zu helfen!“, fügte Rhys hinzu. „Ich wünschte, meins wären so arbeitswütig.“

„Welches Gefolge denn?“, fragte ich verdutzt.

„Geister“, antwortete Tiger ernst, während er mit seinen schwarzen Augen auf etwas hinter mir starrte. „Dutzende von ihnen. Beschwöre sie, und sie werden kommen.“

„Geister?“ Ich drehte den Kopf, in der Hoffnung zu sehen, was Tiger sah. Es war, als würde ich zum ersten Mal die kleinen Blitze und schwebenden Lichter wahrnehmen, die in meiner Nähe herumschwebten. Aber es war nicht das erste Mal. Eigentlich waren sie schon immer dagewesen, oder? „Wie kann ich…?“, begann ich, aber ich kannte die Antwort bereits.

Intention.

Vision.

Ich drehte mich auf dem Absatz um und begab mich in eines der Separees, The Snug, weil ich für dieses Unterfangen allein sein musste. Ich konnte meine eingerosteten Zauberkräfte nicht im Beisein so vieler erfahrener Magiekundiger vorführen. Ich zog meine Schuhe aus und schritt eine Weile im Raum umher, spürte den kühlen, staubigen Boden unter meinen Füßen. Schließlich schritt ich einen Kreis ab, um einen imaginären sicheren Raum zu schaffen, und stellte mich in dessen Mitte. Mit tiefen, ruhigen Atemzügen begann ich, meine Gedanken zu reinigen, bis mich nur noch eine dunkle innere Stille erfüllte und ich eins mit mir war.

Nun fühlte ich mich bereit, die Stimmen – und die Gesichter – kommen zu lassen.

In diesem Moment erkannte ich, dass mich all diese Geister schon mein ganzes Leben lang begleitet hatten. Bereits als Kind hatte ich sie gekannt, mit einigen von ihnen gespielt, mit vielen von ihnen gesprochen, bis mein Vater verschwand. Zu diesem Zeitpunkt, als ich gerade in die Pubertät kam, hatte ich sie abgewiesen. Ich hatte ihre Existenz geleugnet, hatte ihnen das Recht abgesprochen, in mir oder in meiner Nähe zu sein. Jetzt ließ ich sie frei, bat sie, sich mir anzuschließen und mir zu helfen, falls sie dies wünschten. Ich spürte, wie sie um mich herumwirbelten, mich berührten – leicht wie ein Spinnennetz oder der Flügelschlag eines Spatzen, wie der kaum merkliche Lufthauch, wenn eine Feder zu Boden schwebt.

Mit geschlossenen Augen konnte ich sie deutlich erkennen. Sie hüpften hierhin und dorthin und waren ganz aufgeregt, weil ich mich ihrer Existenz nicht mehr verweigerte. Als ich die Augen öffnete, waren sie immer noch um mich herum, und ich konnte sie sehen, durchsichtig, aber klar und deutlich. Viele von ihnen erkannte ich instinktiv als meine Vorfahren. Ich hielt nach meiner Urgroßmutter Ausschau, der ersten Alfhild in der Familie, aber leider konnte ich sie nirgends entdecken und nahm mir vor, sie an einem anderen Tag ausfindig zu machen.

Die Geister, die ich heraufbeschworen hatte, flatterten wie Motten durch den Raum und verlangten ungeduldig meine Aufmerksamkeit. Ich verbeugte mich vor ihnen. „Ihr seid hier willkommen", begrüßte ich sie. „Und jetzt haben wir viel zu tun."

Finbarr hatte recht gehabt. Diese winzigen Wesen heraufzubeschwören, die mir in das Gasthaus gefolgt waren, ohne dass ich von ihnen Notiz genommen hätte, war eine geniale Idee. Sie legten eine unglaubliche Entschlossenheit an den Tag, zu tun, was getan werden musste, wenngleich leider mitunter auf eine ziemlich irrationale Art und Weise. Sie begannen, antike Bettgestelle und Matratzen für unsere Gäste vom Dachboden herunterzuschleppen, während die Elfen immer noch damit beschäftigt waren, den Dreck aus dem Kamin zusammenzuklauben.

Schließlich sah ich mich gezwungen, wie eine Art Offizier für Zucht und Ordnung zu sorgen und meinen kleinen und großen zauberhaften Helfern Anordnungen zu erteilen, wie was und in welcher Reihenfolge erledigt werden sollte. Ich brauche wohl nicht zu sagen, dass in meinem Gasthaus das blanke Chaos herrschte.

Nachdem die Elfen sämtliche Kamine gefegt hatten, bat ich meine Geister, die Räume komplett abzustauben und zu schrubben. Warum war ich nicht schon früher auf die Idee gekommen? In weniger als zwei Stunden sah das Gasthaus besser aus denn je – zwar war es noch nicht picobello, vor allem, weil es dringend gestrichen und eingerichtet werden musste –, aber immerhin. Danach machten die Geister sich daran, Möbel und Wäsche vom Dachboden zu holen.

Nachdem ich sie angewiesen hatte, die Matratzen zu lüften und sie draußen auszuschlagen, ließ ich sie allein und schaute in der Küche vorbei, wo Mortimer gerade leckere Brathähnchen zubereitete. Wahrscheinlich herrschte zum ersten Mal seit vielen Jahren reges Treiben in diesem Raum, denn die Highland-Hexen rollten Teig für süße und herzhafte Pasteten aus, während Bryony eine Füllung für die Hähnchen aus Semmelbröseln und Kräutern zubereitete, die sie im Garten hinter dem Gasthaus gepflückt hatte, sowie eine Pastete aus Pilzen, die sie im Shady Wood gesammelt hatte. Der Wald, für den wir kämpfen wollten.

Meine Gäste hatten beschlossen, vor Sonnenuntergang ein Festmahl zu veranstalten und ein bisschen zu feiern. Danach würden wir uns versammeln, um das Gasthaus und das gesamte Anwesen, einschließlich des Shady Wood, mit einem Schutzzauber gegen Bedrohungen zu sichern. Gleichzeitig würden wir den gesamten Ort von negativen Energien befreien. Das hörte sich für mich nach einem guten Plan an. Was sollte da schon schiefgehen?

Ich fand es sehr beeindruckend, welche unglaublichen Mengen an Essen sechzehn Leute und eine Handvoll Elfen verdrücken konnten. Die Spannung, mit der wir dem bevorstehenden Ereignis entgegensahen, war genauso groß wie unser Appetit: Hähnchen, Salate, gebratenes Gemüse, Pies und Pasteten, Brot und Cracker – uff! Als es neun Uhr wurde und die Sonne sich dem Horizont näherte, waren wir alle satt und zufrieden.

Natürlich hatte sich ein Riesenberg Abwasch

angesammelt, der zunächst bewältigt werden wollte. Als ich mich in der Küche umschaute, zog ich eine entsetzte Grimasse, denn jeder Topf, jede Pfanne und das gesamte Sammelsurium an Besteckteilen schien in den letzten Stunden benutzt worden zu sein. So viel Arbeit! Alles musste von Hand gereinigt werden, da ich nach meinem Einzug noch nicht dazu gekommen war, den defekten Geschirrspüler reparieren zu lassen.

Doch zum Glück hatte ich jetzt meine Helferlein. Die Geister besaßen zwar keine Hände – sie konnten nicht physisch mit der Welt um sie herum interagieren –, aber die schienen sie auch nicht zu brauchen. Wie sie bereits eindrucksvoll bewiesen hatten, waren sie sogar dazu in der Lage, Möbel zu transportieren. Und so entpuppte sich die Erledigung des Abwaschs ebenso als eine reine Willensfrage. Ich stand an der Schwelle zur Küche, um sie nicht zu stören, und beobachtete, wie sich das Waschbecken mit Wasser füllte und ein Turm aus Spülmittelschaum daraus hervorquoll. Dann flogen erst die Gläser und danach das Geschirr in atemberaubender Geschwindigkeit durch die Luft. Die Geister sorgten für eine Art Waschanlage, bei der die Lauge zunächst aufgewirbelt wurde und anschließend Schwämme und Lappen eingesetzt wurden, und das alles in sehr zügigem Tempo. Regenbogenfarbene Schaumblasen schwebten durch die Luft, zerplatzten und hinterließen Rückstände auf den Arbeitsflächen, die sogleich aufgewischt wurden. Die Geister stellten die Küche völlig auf den Kopf, so viel stand fest.

Nach der Vorwäsche sausten die Teller in das angrenzende Waschbecken, wo sie in sauberes Wasser getaucht wurden, bevor sie auf Gestellen landeten. Hier standen sie einen Moment zum Abtropfen, bevor Geschirrtücher wie aus dem Nichts auftauchten und alles abtrockneten, woraufhin die Sachen Stück für Stück zurück an ihren ursprünglichen Platz in die Schränke flogen. Und es ging nichts kaputt, obwohl ein ohrenbetäubendes Klirren und Scheppern den Raum erfüllte!

Ich war tief beeindruckt und fühlte mich wie eine Dirigentin, die mit ungeahnten Kräften eine Szene aus Disneys *Fantasia* orchestrierte. Und ich war so begeistert, dass ich es kaum erwarten konnte, mir diese neuen Möglichkeiten zunutze zu machen – Möglichkeiten, die sich mir allein dadurch eröffneten, dass ich mein Hexensein akzeptierte. Nie zuvor hatte ich so viel Magie in Aktion erlebt wie an diesem Tag.

Virginia gesellte sich zu mir, um den Geistern bei

der Arbeit zuzusehen, und amüsierte sich über meine Verzückung.

„Das hätte ich schon vor Jahren tun sollen!", kicherte ich. „Das hätte mir endlos lange, langweilige Stunden an Hausarbeit erspart."

„Du hast offensichtlich ein gutes Händchen dafür", bemerkte Virginia. „Ich glaube, ich habe noch nie jemanden gesehen, der so viele Geister in seinen Bann zieht und in Schach hält wie du."

„Wie meinst du das?"

Virginia hob die Augenbrauen. „Ich kenne ein paar Geisterflüsterer und einige Medien. Die meisten, die mit Geistern arbeiten, können in der Regel nur einen oder zwei auf einmal heraufbeschwören. Manchmal auch ein paar mehr. Es ist wirklich selten, jemanden zu finden, der so viele gleichzeitig unter Kontrolle hält. Du bist reich gesegnet."

Das allerdings war mir bis gerade nicht bewusst gewesen.

Nun besah ich mir die Geister und ihre verschiedenen Erscheinungen genauer. Einige trugen pompöse Kleidung aus dem fünfzehnten und sechzehnten Jahrhundert, mit riesigen Kragen und verschnörkelten Mustern. Daneben entdeckte ich gepuderte Perücken und voluminöse Damenkostüme, ebenso wie Seidenpantalons und Schnallenschuhe. Einer erinnerte an die Flapper aus den 1920er-Jahren, mit kurzem Haar und kurzem Rock, ein anderer schien ein junger Soldat aus dem Ersten Weltkrieg zu sein, dem ein Arm fehlte, was ihn aber nicht daran hinderte, voller Begeisterung durch die Küche zu wirbeln.

„Ich glaube, sie sind froh, freigelassen worden zu sein. Sie wurden schon zu lange verdrängt."

Virginia nickte, dann zog sie mich sanft am Arm. „Komm", sagte sie. „Wir sind fast fertig."

Kapitel 21

Red hatte den ganzen Nachmittag damit verbracht, hinter dem Gasthaus einen riesigen Holzstapel kunstvoll aufzuschichten. Wir versammelten uns und bildeten einen Kreis um das noch nicht entzündete Lagerfeuer, während Jed allein drinnen bleiben sollte. Ich hatte ihm gesagt, er könne die Geister beaufsichtigen, wenn er Lust dazu hätte. Er hatte jedoch die strikte Anweisung, nicht nach draußen zu kommen, bis wir fertig waren.

Andächtig schweigend hing jeder in unserer Gruppe seinen eigenen Gedanken nach, während die Sonne in einem leuchtenden Orange immer tiefer über die Baumwipfel im Westen sank und der Himmel hinter ihr in prachtvollen Rosa- und Pfirsichtönen entbrannte. Ich blickte in die ernsten Gesichter und fragte mich, wer wohl gleich die Führung übernehmen würde. Hoffentlich erwarteten sie nicht, dass ich das tat! Ich hatte nicht die geringste Ahnung, wie wir vorgehen sollten. Was meine Hexenkunst anging, hatte ich das Gefühl, im Dunkeln zu tappen und nur gelegentliche Glückstreffer zu landen. Für etwas so Wichtiges wie ein Schutzritual, das sowohl das Gasthaus als auch mein ganzes Land einschließen sollte, brauchte ich dringend eine Anleitung.

Ich räusperte mich und wollte mich gerade nach dem weiteren Vorgehen erkundigen, als sich uns von der einen Seite des Gasthauses zielstrebig zwei Gestalten näherten. Ich starrte sie überrascht an – Zauberer Shadowmender in einem festlichen Gewand und Mr. Kephisto in einem eleganten Anzug mit einer Fliege und frisch gestutztem Bart und Haar. Ihr Erscheinen war offensichtlich auch für die anderen eine Überraschung, denn plötzlich erhob sich ein lautes Raunen.

Als er sich in unseren Kreis begab, zog Shadowmender einen Zauberstab aus seinem Gewand, sagte „*Clauditis*“ und ließ lässig das Handgelenk kreisen. Ich hörte deutlich, wie die Schlösser an den Türen rund um das Gasthaus einrasteten. „*Caveo et adhamo*!", fügte er hinzu, und die vielen Fenster, die ich offengelassen hatte, damit die Luft in den muffigen Gästezimmern zirkulieren konnte, schlossen sich von selbst, wobei die Riegel wie von Geisterhand an ihren Platz fielen und die Bolzen einrasteten.

Jed war nun dort eingeschlossen und ganz allein. Besorgt warf ich einen Blick zur Hintertür. Was, wenn ein Feuer im Haus ausbrach oder das Gebäude einstürzte? Ich öffnete den Mund, um Shadowmender meine Bedenken mitzuteilen, aber als ich mich in seine Richtung drehte, sah er mich direkt an und schüttelte kaum merklich den Kopf.

Shadowmender erhob beide Arme in einer ausladenden Geste. „Seid gegrüßt, ihr guten Seelen, die ihr dem Weg der magischen Künste folgt und diese ausübt, die ihr die Erde liebt, die ihr Glaubensanhänger der Göttin seid. Danke, dass ihr meinem Ruf gefolgt seid. Ich habe euch aus gutem Grund ausgewählt, um mir heute Abend zur Seite zu stehen, wie ihr gleich merken werdet." Shadowmender deutete auf mich. „Wir haben uns hier versammelt, um ein Ritual vorzubereiten, das das Whittle Inn und unsere Schwester Alfhild fortan schützen wird, während sie dem Gasthaus in Zukunft neuen Glanz verleihen wird."

Wir alle verbeugten uns als Antwort auf die Begrüßung durch den weisen Zauberer. Red nahm dies zum Anlass, dreimal in die Hände zu klatschen, woraufhin der Holzstapel, den wir umringten, in Flammen aufging, dass die Funken nur so sprühten. Ich beobachtete, wie winzige Glutpartikel in der leichten Abendbrise auf und davon schwebten, viel länger brannten, als ich es erwartet hätte, und zu winzigen rot-orangefarbenen Punkten verblassten, als sie den Waldrand erreichten. Aber selbst dort erloschen sie noch nicht. Sie sanken einfach zwischen den Bäumen herab, bis sie aus meinem Blickfeld verschwanden. Als ich nichts mehr glimmen sah, erschien mir der Wald schlagartig wie von einer tiefen Schwärze umhüllt. Irgendwie undurchdringlich. Blitzartig sträubten sich die Haare in meinem Nacken, und ich war mir sicher, dass uns etwas vom Wald aus beobachtete.

„Wir werden zunächst in einem engen Zirkel um das Gasthaus herumgehen und unsere Schutzzauber sprechen, um dessen Sicherheit und Widerstandskraft zu verstärken. Wie üblich steht es uns frei, uns und unsere Umgebung so zu schützen, wie wir es für angemessen halten, und mit allen Mitteln, die uns zur Verfügung stehen. Wenn wir uns sicher sind, dass dem Whittle Inn kein Schaden mehr zugefügt werden kann, werden wir uns verteilen und das gesamte Gelände und die Wälder dahinter einbeziehen.“

Shadowmender deutete auf Mr. Kephisto. „Der gute Kephisto hier hat es freundlicherweise auf sich genommen, einen vorübergehenden Sperrzauber zu verhängen. Innerhalb des Gebiets, das er für uns abgesteckt hat, könnt ihr arbeiten, aber nur bis zum Morgengrauen. Dann wird sich die Bannmeile auf natürliche Weise auflösen. Es ist äußerst wichtig, dass wir das gesamte Gebiet innerhalb der Bannmeile in unsere Schutzzauber einschließen. Die Bannmeile wird ein Übergreifen auf die umliegenden Gebiete verhindern. Auf diese Weise ist gewährleistet, dass auch die abenteuerlustigeren unter uns nicht verloren gehen. Das gilt besonders für dich, Mortimer.“

„Ich weiß nicht, was du meinst!“, erwiderte dieser.

Die Gruppe lachte. Der alte Zauberer hob eine Hand. „Bewegt euch schnell und gezielt, liebe Freunde.“

Kephisto nickte. „Behaltet genau im Auge, wohin ihr geht. Ihr werdet die äußere Bannmeile erkennen, wenn ihr sie seht. Was auch immer ihr tut, *durchbrecht sie nicht*. Sie muss unbedingt intakt bleiben.“

Shadowmender sah jedem von uns der Reihe nach mit ernster Miene in die Augen. „Freunde, ihr könntet das alles auch ohne mich schaffen.“ Dann ergänzte er mit sanfter Stimme: „Und ohne meinen lieben Freund Kephisto hier. Aber ich habe ihn gebeten, sich uns anzuschließen, weil wir seine Erfahrung brauchen. Sowohl er als auch ich vermuten, dass wir auf harten Widerstand stoßen werden, wenn wir in den Wald eindringen. Und das solltet ihr keinesfalls auf die leichte Schulter nehmen, das rate ich euch. Deshalb seid gewarnt: Passt auf euch auf! Hier, genau an der Stelle, wo das Feuer brennt, wurde vor wenigen Wochen ein mutmaßliches Mitglied der Mori mit dem Medb-Fluch getötet.“

Ein Raunen ging durch die Anwesenden. Shadowmender nickte. „Ja, in der Tat. Dies ist eine ernste Situation und potenziell sehr gefährlich. Wir wissen nicht genau, *wer* ihn getötet hat, aber Kephisto und ich haben einen Verdacht, *warum*. Hütet euch vor den Mori.“

Hütet euch vor den Mori. Ich schluckte. Wenn man bedenkt, dass ich bis vor vierundzwanzig Stunden noch nie von diesen Unholden gehört hatte und mich jetzt darauf vorbereitete, sie zu bekämpfen, war das schon ziemlich krass. *Ich musste verrückt sein.* Außerdem war ich kaum dazu in der Lage, irgendwelche magischen Verteidigungs- oder Angriffstechniken auszuüben.

„Ich bitte euch, heute Abend da draußen gut aufzupassen. Seid gewappnet!“ Shadowmender holte tief Luft, hob und senkte die Schultern, um die Anspannung zu lösen, und grinste dann. „Zumindest im Geiste, falls euch die Mittel fehlen.“ Zu mir gewandt, fügte er hinzu: „Alf, wenn du unbedingt dabei sein willst, schlage ich vor, dass du in der Nähe von Kephisto oder mir bleibst.“

Ich starrte ihn stumm an. *Wenn ich dabei sein will*? Hatte ich etwa eine Wahl? Ich blickte zurück zum Gasthaus, hinter dessen sicheren Mauern Jed auf mich wartete. Ich könnte mit ihm dort ausharren, bis alles vorbei war. Aber als ich Shadowmender wieder ansah und sich seine weisen Augen in meine bohrten, wusste ich, dass ich nicht wirklich eine Wahl hatte. Ich konnte meinen Brüdern und Schwestern der magischen Zunft nicht den Rücken kehren. Jetzt galt es, zu handeln, um das Gasthaus zu schützen.

Der erste Teil des Rituals ähnelte ziemlich genau dem, das ich selbst vor einigen Tagen durchgeführt hatte. Während die meisten aus unserer Gruppe das Gebäude umkreisten und dabei Sprüche oder Segnungen murmelten, verschiedene Gottheiten anriefen oder Weihrauch oder Salz verstreuten, verharrten andere eher an einer Stelle. Bryony saß mit einer großen silbernen Schale voller Wasser auf dem erdigen Boden und murmelte Wahrsagungen. Ganz in der Nähe hielt Shadowmender seine Glaskugel in den sich verdunkelnden Himmel und starrte hindurch, wobei er sich gelegentlich umdrehte und in eine andere Richtung blickte.

Ich für meinen Teil schritt um das Gasthaus herum und sprach dieselben Worte, die ich bereits einige Nächte zuvor benutzt hatte. Ich wusste nicht mit Sicherheit, ob das Feuer im Stallgebäude für das Gasthaus bestimmt gewesen war, aber mein Haus war dank der Barriere, die ich errichtet hatte, verschont geblieben. Als ich nun eine Hand über eine Außenwand des Gebäudes gleiten ließ, spürte ich, wie unter der rauen Oberfläche eine frische, positive Energie vibrierte und meine Fingerkuppen durchzuckte. Mit etwas Glück würde alles, was wir taten, dafür sorgen, dass Jed im Innern sicher aufgehoben blieb.

Nachdem ich einige Runden gedreht hatte, hielt ich inne, legte den Kopf zurück und starrte in den Himmel. Das Gasthaus glich nun einem Leuchtfeuer, das sein Licht in die Nacht sandte. Eine farbenfrohe Aura aus Rot, Gelb, Orange, Blau und Grün erhellte die unmittelbare Umgebung und waberte wie Rauch umher. Wir hatten diesen Teil unseres Plans erfolgreich umgesetzt. Nun war es an der Zeit, dass wir uns dem umgebenden Gelände und dem Wald widmeten.

Mit dem glühenden Gebäude im Rücken begannen wir, den Umkreis auszuweiten. Immer weiter und weiter gingen wir in einer kontinuierlichen Spirale nach außen, mal mit Gras, mal mit Beton oder Kies unter den Füßen, und zwischendurch auch Asche, als wir durch die Trümmer des alten Stalls schritten. Immer weiter und weiter, bis ich kurz vor Mitternacht den vertrauten Ruf von Mr. Hoo hörte, der aus den nahen Bäumen ertönte. Hier säumte dichtes Gestrüpp den Waldrand.

Jetzt war es also soweit. Einige aus unserer Gruppe hatten bereits ihre Zauberstäbe gezückt. Ich hatte keine Ahnung, wozu ich imstande war. Würde ich überhaupt etwas ausrichten können? Ich beschloss, mich für den Moment auf den Schutz vor allem Negativen zu konzentrieren, und betrat den dunklen Wald.

Mr. Hoo flatterte vor mir her und flog von Ast zu Ast, während ich mich langsam zwischen den Bäumen hindurchschlängelte, immer meinem Instinkt folgend. Vor mir konnte ich vage Mortimer mit seinem leuchtend gelben Hemd ausmachen. Ich entschied, einen anderen Weg als er zu nehmen, und so entfernte ich mich, wohl wissend, dass ich Zauberer Shadowmender und Mr. Kephisto bereits nicht mehr sehen konnte. Meine Augen gewöhnten sich allmählich an das schwache Licht, auch wenn die Dunkelheit durch das leuchtende Gasthaus im Hintergrund etwas abgemildert wurde. Ich folgte einem schmalen Wildpfad, wobei ich sorgfältig auf meine Schritte achtete und immer wieder meine Sprüche aufsagte.

Doch die Worte blieben mir jäh im Hals stecken, als ich vor mir Lichter entdeckte. Kleine orangefarbene Punkte flogen ein paar Meter von mir entfernt durch das Unterholz. Woanders auf der Welt hätte man sie vielleicht für Glühwürmchen gehalten, aber nicht hier in Devon. Das konnte nicht sein. Als ich mich näherte, stellte ich fest, dass sie in der Luft schwebten, sich aber nicht bewegten. Ich streckte die Hand aus, um eines zu berühren, was mich jedoch sofort zurückzucken ließ. *Aua*! Es war heiß und zerbröselte in meiner Hand zu Staub. Das war die Glut des Feuers, die in den Wald getrieben war! Die glimmenden Teilchen hingen wie Lichterketten über dem Waldboden und bildeten eine Leuchtspur, als wollten sie mir den Weg weisen.

Ich verharrte und spähte durch die Bäume, das Dickicht und die Schatten hindurch. Aus der Ferne ertönten Stimmen – Gesänge und Zaubersprüche – und die Geräusche meiner Mitstreiter, die sich langsam durch den Wald bewegten. Ich war wahrlich nicht allein, aber jetzt wünschte ich mir, ich wäre näher bei den anderen geblieben.

Vorsichtig folgte ich der Spur der Glut, bis ich vor mir ein weiteres, diesmal grünlich schimmerndes Licht entdeckte, das unbewegt in der Luft hing. Als ich näher kam, stellte ich fest, dass es viel größer war und eine Art Kugel bildete, in deren Inneren ein goldener Punkt tanzte. Ein atemberaubender Anblick.

Zunächst rührte sie sich nicht, doch als ich mich weiter vorwärts bewegte, begann sie, sich zu drehen. Erst langsam, dann immer schneller, bis sie eine grün-blaue Färbung annahm und mit hoher Geschwindigkeit auf mich zu raste. Ich kreischte auf und duckte mich. Das Ding sauste so dicht an meinem Gesicht vorbei, dass meine Haare hochstoben. Ich fuhr herum, um zu sehen, wohin es flog, und wurde Zeuge, wie die glühende Kugel eine mächtige Eiche traf, die einen Durchmesser von mindestens anderthalb Metern haben musste. Der alte Baum schwankte, und sein Stamm schimmerte grün und golden, bevor goldgelbe Funken in der Luft explodierten und auf die Erde um mich herum niederregneten. Als ich mich bückte, um das funkelnde Zeug zu untersuchen, kreischte Mr. Hoo eine Warnung. Ohne es zu sehen, spürte ich, wie etwas Massives, Bösartiges über meinen Kopf hinweg raste. Hätte ich aufrecht gestanden, wäre ich niedergemäht worden. Ich ließ mich auf die Knie fallen, kroch um die Eiche herum und spähte hinter dem Stamm hervor, um herauszufinden, womit ich es zu tun hatte.

Etwa vier oder fünf Meter von mir entfernt schwebte ein roter Leuchtball über dem Boden, dessen Energie in Form von gleißenden Strömen aus dem Inneren heraus pulsierte. Die Tiefe des Rots und die Art und Weise, wie sie von dem grellen Gold durchzogen wurde, erinnerte mich an den Ring, der am Finger des toten Edvard Zadzinsky gesteckt hatte.

Panisch ging ich hinter der Eiche in Deckung und hatte das Gefühl, kaum noch Luft zu bekommen. Ich presste die Zähne aufeinander und war wie gelähmt. *Reiß dich zusammen*, flüsterte ich mir selbst zu. Ich musste die anderen warnen. Ich musste etwas unternehmen.

Mehr denn je wünschte ich mir, ich wäre in Rufweite von Shadowmender oder Kephisto geblieben, warf mich auf den Bauch und kroch durch das Unterholz. Im nächsten Augenblick schoss ein glühender roter Lichtstrahl in meine Richtung. Ich versuchte, mich so klein wie möglich zu machen, vergrub mein Gesicht im Waldboden und krallte mich darin fest.

Die roten Kugeln mussten die Mori sein, aber wer waren die grünen, Freund oder Feind?

Nicht weit entfernt schrie jemand vor Wut, als etwas explodierte. Die Erde bebte. Mit einem leisen Stöhnen hob ich den Kopf, um zu sehen, was da los war. Ein heißer, goldener Glitzerregen prasselte auf mich hernieder, und von der Eiche ging ein pulsierender Schein aus, erst rot, dann grün, noch einmal rot und ein letztes Mal grün, bevor die Farben erloschen. Als der Boden nicht länger vibrierte, schaute ich mich kurz um. Ich konnte keinen von meinen Freunden entdecken.

„Die Mori sind hier!“, rief ich in der Hoffnung, dass jemand mich hören und die anderen warnen würde. Da niemand antwortete, stand ich auf und hetzte tief geduckt zurück zum Rand des Shady Wood, wo ich innehielt, um festzustellen, ob mich jemand verfolgte. Dies schien nicht der Fall zu sein, also richtete ich mich auf und spurtete los, wobei sich immer wieder Äste in meinen Haaren verfingen und schmerzhaft an mir zerrten. Ein oder zwei Mal stolperte ich und stürzte zu Boden, schürfte mir das Kinn auf und verdrehte mir einen Knöchel, aber ich wollte mich unbedingt in Sicherheit bringen. Jede Hoffnung, dass mir nützliche Zaubersprüche über die Lippen kommen würden, ging in meiner wachsenden Panik unter. Ich musste hier raus!

Ich rannte zum Whittle Inn zurück, zumindest wähnte ich es in der Richtung, in die ich mich bewegte. Auf einmal lag eine blassblaue Barriere vor mir. Das musste Kephistos Bannmeile sein. Ich hatte mich weiter vom Gasthaus entfernt, als ich dachte. Verwirrt drehte ich mich um und warf einen Blick zurück. Überall im Wald leuchteten rote, grüne und goldene Lichter auf. Explosionen erhellten den Himmel wie Millionen kleiner Sterne. Leute rannten schreiend durcheinander. Die Bäume schwankten und verdrehten sich, ihre Äste peitschten mit beängstigender Heftigkeit hin und her, ihre Blätter zitterten. Ich hörte ein Krachen, gefolgt von einem

Schrei, der mir einen weiteren kalten Schauder einjagte. Ohne nachzudenken, allein meinem Instinkt folgend, flüchtete ich vor dem Chaos. Zunächst spürte ich einen leichten Widerstand, dann vernahm ich ein Ploppen. Ich hatte die Barriere und damit die Grenze zu meinem Land durchbrochen.

Ich hatte den Shady Wood verlassen. Mein Atem rasselte laut in der plötzlichen Stille. Ich drehte mich langsam um und blickte zurück in den Wald, aber … ich konnte dort nichts Außergewöhnliches mehr sehen. Keine Farben. Keine Leute. Keine Lichter. Keine blaue Barriere. Alles schien friedlich. Nichts ließ auf die brutale, chaotische Schlacht um den Shady Wood schließen, die auf der anderen Seite der Energiebarriere lautstark tobte. Weniger als eine Meile von meinem Standort entfernt, schliefen die Menschen im Dorf nichtsahnend in ihren Betten.

Ich könnte mich davonschleichen. Zurück zum Gasthaus laufen. Dort auf alle warten. Mich vergewissern, dass es Jed gut geht. Am Morgen bräuchte ich mich nur bei allen für ihre Hilfe zu bedanken und ihnen zu sagen, dass ich mich melde, sollte ich sie jemals wieder benötigte. Ich könnte ein normales, alltägliches Leben führen. Vielleicht mit Jed eine Familie gründen. Ein paar Kinder haben. Dem Frauenclub beitreten. Mich in der Dorfgemeinschaft engagieren. Alt werden.

Oder ich könnte zu den Leuten im Wald zurückkehren. Zu *meinen* Leuten, die zum Teil eine weite Reise auf sich genommen hatten, um mir zur Seite zu stehen. Ich könnte für *meinen* Wald und *mein* Gasthaus kämpfen und die Mori von hier verbannen, jetzt und für immer. Dann könnte ich andere im Kampf gegen die Mori unterstützen, ich könnte helfen, die alten Wälder zu schützen. Ich könnte etwas Sinnvolles mit meinem Leben anfangen.

Gab es da überhaupt etwas zu überlegen? Nicht wirklich. Also los, zurück zu den anderen! Diesmal war der Widerstand von Kephistos Bannmeile viel stärker, und mir war klar, dass ich es nur schaffen würde, wenn ich es aus tiefster Überzeugung wollte. Mit voller Wucht warf ich mich gegen den Schutzwall, den der alte Zauberer errichtet hatte, um zu verhindern, dass niemand dort einfach so eindrang. Ich stemmte mich dagegen, drückte und schwitzte vor Anstrengung, bis ich endlich, endlich das schwache Blau der Barriere wieder sehen konnte. Mit einem beherzten Satz stürzte ich mich zurück ins Gewühl.

Ich landete auf den Knien und war sofort in höchster Alarmbereitschaft. Unsicher, in welche

Richtung ich rennen sollte, lauschte ich dem Treiben. Die meisten Geräusche schienen aus der Mitte des Waldes zu kommen. Dort musste ich hin! Dort, wo der düstere Feind lauerte, wer oder was auch immer er sein mochte.

Mr. Hoo rief mir zu, als ich mich erhob. „Ich bin wieder da“, flüsterte ich und strich mir den Dreck von den Knien. „Zeig mir, wo es lang geht.“ Ich folgte seinen leisen Rufen und huschte so schnell ich mich traute und so unauffällig ich konnte zwischen den dunklen Bäumen voran.

Als mich plötzlich jemand am Arm packte, schrie ich vor Schreck auf. Kephisto! Schmutz und Moos bedeckten sein Gesicht. „Alles okay, Alf? Ich wollte nur nachsehen, ob die Barriere hält.“

„Ich bin durchgelaufen“, stotterte ich. „Habe ich sie kaputt gemacht?“

Kephisto blickte zurück zum Gasthaus. „Du bist komplett hindurch, bis auf die andere Seite?“ Als ich nickte, sagte er: „Dann muss ich nach dem Gasthaus sehen und den Zauber erneuern, um alles zu sichern. Folge mir, Alf! Und zieh den Kopf ein!“

Wieder rannte ich in gebückter Haltung los, doch nach kaum fünfzig Metern krachte etwas in den Baum über meinem Kopf. Es folgte ein solch ohrenbetäubendes, schrilles Geräusch, dass sich mein Gehör kurzzeitig ausschaltete.

Benommen geriet ich ins Stolpern, ließ mich fallen und schützte meinen Kopf. Zweige, kleine Äste, Blätter und Insekten regneten auf mich herab. Kephisto war weitergelaufen, ohne auf mich Rücksicht zu nehmen. Eine rote, mit Goldschlieren durchwirkte, glühende Kugel von der Größe eines Tennisballs schimmerte in der Luft, etwa zwei Meter über dem Boden. Ich starrte zu ihr hinauf und duckte mich vor ihr weg, als ich plötzlich die dunkle Energie spürte, die von ihr ausging und von mir Besitz ergriff.

„Bleib stehen!“, befahl eine männliche Stimme hinter mir. Nicht Kephisto.

„Das Ding wächst“, raunte ich mit zitternder Stimme. Tatsächlich hatte es bereits den Umfang eines Fußballs erreicht.

„Es nutzt deine negativen Emotionen aus. Es ernährt sich von ihnen“, raunte der Fremde.

Das bedrohliche Etwas pulsierte und drehte sich in der Luft, jetzt in der Größe einer Discokugel. Ich kauerte mich zusammen und hatte Angst, es würde gleich explodieren.

„Hör mir zu!“, sagte die Stimme ruhig und bestimmt, und für einen kurzen Moment hatte ich den Eindruck, sie zu kennen. Ich drehte mich um, weil ich sehen wollte, wer es war, konnte in der Dunkelheit jedoch niemanden entdecken. „Du musst dich von deiner Angst befreien“, riet er mir weiter. „Du darfst dieser Kreatur kein Futter geben.“

„Ich weiß nicht, wie das geht“, rief ich und warf einen kurzen Blick auf die glühende rote Kugel, die mich gierig auszusaugen schien.

„Doch, das weißt du. Töte sie mit Liebe.“

„Töte sie mit Liebe?“ Ich kreischte, als sich die Kugel über mir immer schneller und immer lauter surrend um sich selbst drehte. „Was für ein Hippie-Voodoo-Quatsch ist das?“

Über meinem Kopf, hoch oben im Baum, hörte ich Mr. Hoo rufen. „Hooo-hooo! Hoo-hooooo!“ Hatte ich ihn in Gefahr gebracht, weil er mir gefolgt war? Bei dem Gedanken an meinen gefiederten Freund mit den markanten Ohren wurde mir ganz warm ums Herz. Ich hatte den kleinen Kerl richtig liebgewonnen. Dieses eine Gefühl reichte aus, um das Drehen der Kugel zu stoppen. Damit hörte auch ihr schreckliches schrilles Zischen auf, und sie stand in der Luft, während ihre Farbe zu schwinden begann.

Rasch beschwor ich vor meinem geistigen Auge das Gesicht von Mr. Hoo herauf und lächelte. Ich stellte mir vor, ich hielte ihn auf einer Hand, sodass ich zärtlich über sein Gefieder streichen und seine federleichte Präsenz spüren konnte. Als ich dies tat, verschwand der goldene Schein aus der Kugel, und sie begann zu schrumpfen. Ich stellte mir vor, wie ich meinen Arm hob und Mr. Hoo davonflog, wie er durch den Shady Wood segelte und in die Nacht hinausjagte, frei und glücklich. Die Kugel wurde immer kleiner, bis sie schließlich in sich zusammenfiel und mit einem leisen Knall verschwand.

Erleichtert rappelte ich mich wieder auf, drehte mich um, weil ich meinem Retter danken wollte, doch er war bereits verschwunden. Da ich keine Zeit verlieren wollte, duckte ich mich, um keines der umhersausenden Leuchtgeschosse abzukriegen, und rannte los. Immerhin besaß ich offenbar die Fähigkeit, diese Dinger zu besiegen. Ich kam an einigen Mitgliedern unserer Gruppe vorbei, die verbissen und furchtlos gegen weitere rote Kugeln kämpften, wobei jeder seine eigene Art und Weise zu haben schien, um mit ihnen fertig zu werden. Kurz darauf erreichte ich die Lichtung in der Mitte des Waldes, wo die Holzbänke im Kreis standen. Dort hielt ich inne, um zu überlegen, was ich als Nächstes tun sollte, und hoffte beinahe, eine weitere der verdammten Kugeln anzulocken, als ich jemanden schreien hörte: „Sie hauen ab! Wir haben sie in die Flucht geschlagen!"

Ich stieß einen leisen Freudenschrei aus, doch im selben Augenblick rief Mr. Hoo aufgeregt nach mir. Als ich herumfuhr, um nach ihm zu sehen, wurde ich von einem grellen Etwas von den Füßen gerissen, landete mit einem schmerzhaften Aufprall auf meiner rechten Hüfte und meinem Ellbogen und schlug mit dem Kopf auf dem Boden auf.

Benommen und erschöpft lag ich da, während eine große rote Kugel vor mir auftauchte. Diese hier war anders als die anderen, größer und ihr Rot dunkler. Das perlenartige Goldgeflecht in ihrer Mitte wirkte wie ein Kunstwerk. Ich hatte Mühe, mich aufzusetzen, und versuchte, meine Angst im Zaum zu halten. Die Kugel begann zu wachsen, schwoll auf das Doppelte und Dreifache ihres ursprünglichen Umfangs an, bis sie schließlich die Größe eines Pferdes erreicht hatte. Dabei schwebte sie nur wenige Zentimeter über der Erde.

Ich rieb mir den schmerzenden Kopf und vernahm dumpfe Schritte, die auf dem weichen Waldboden in meine Richtung geeilt kamen: Shadowmender, mit gezücktem Zauberstab. Kephisto, mit hoch erhobenen Händen. Mortimer und Virginia. Bryony, die aus einer Wunde an der

Stirn blutete. Finbarr, mit einem blauen Auge, wenn ich mich nicht irrte. Dahinter folgten die grünen Kugeln, die sogleich einen großen Kreis um die Lichtung bildeten. Wir hatten den Widersacher eingekesselt – der würde uns nicht mehr entkommen!

Das rote Ungetüm wirbelte und tanzte umher. Plötzlich ging es zum Angriff über. Energieblitze schossen aus ihm heraus und brachten mehrere der grünen Kugeln zu Fall. Schreie zerrissen die Nacht, und ich spürte die Wut, die in der Luft lag, ahnte, dass einige der grünen Kugeln und auch einige meiner Freunde bereit waren, unseren Gegner niederzustrecken. Aber Shadowmender ließ seinen Zauberstab sinken und erhob die linke Hand.

„Haltet ein“, befahl er mit ruhiger, durchdringender Stimme. Die aufgestaute Spannung ließ ein wenig nach.

Mr. Kephisto half mir auf die Beine. Ich stand zwischen ihm und Shadowmender, der sich nun an den roten Angreifer wandte.

„Wir haben die Mori heute Nacht aus diesem Wald verbannt!“, dröhnte der alte Zauberer. „Und du – ihr Anführer – bist der Letzte und Unnachgiebigste, wie mir scheint. Aber sei gewarnt! Du hast an diesem Ort nichts zu suchen. Entweder verschwindest du jetzt aus freien Stücken, oder du wirst verbannt! Wenn du gegen uns kämpfen willst, werden wir dich vernichten! Du hast die Wahl."

Die Kugel in der Mitte der Lichtung drehte sich schwindelerregend schnell, goldene Funken flogen durch die Luft und erhellten unsere Umgebung. Dahinter, am Rande der Lichtung, bemerkte ich zwei Gestalten am Boden liegen, die ganz in Dunkelgrün gekleidet waren. Sie mussten diejenigen sein, die sich in die grünen Energiekugeln verwandelt und nun wieder ihre normale Form angenommen hatten.

„Warte!", sagte ich. „Wer bist du? Zeig dich!"

Ich bemerkte, wie Shadowmender und Kephisto einen kurzen, vielsagenden Blick austauschten. „Ich will dich sehen. Ich will wissen, wer dem Gasthaus und dem Wald Böses will."

Kephisto nickte, und Shadowmender erhob seinen Zauberstab. „Zeige dich", befahl er.

Der rot glühende Ball hörte auf, sich zu drehen. Er schrumpfte schnell und sank zu Boden, wo dichter Rauch aus ihm aufstieg, bevor er die Form wechselte. Sekunden später stand dort jemand in einem dunkelroten Mantel, der sein Gesicht verbarg. Ich bemerkte den Rubinring, der an seiner Hand funkelte. Groß und kämpferisch stand er da, dunkelhaarig und auf seine eigene, einzigartige Weise attraktiv ...

Und völlig ungerührt. Mir brach das Herz. „Jed!“

Jed fixierte uns mit versteinerter Miene. Er hatte verloren, und das wusste er. Sein Blick wanderte von einem zum anderen, wobei er sich langsam in unserer Mitte drehte. In seinen Augen lagen tiefe Verachtung und Abscheu. Ich beobachtete ihn und zwang mich, stark zu sein. Ich würde nicht zulassen, dass er mich mit seinem Hass kleinkriegte. Die Alfhild von vor sechs oder acht Wochen wäre kläglich eingeknickt und zerbrochen. Aber die neue Alfhild nicht! Heute war ich anders. Natürlich hatte er sich mich bis zum Schluss aufgehoben. Ich ging auf ihn zu und streckte ihm die Hände entgegen.

„Alf“, versuchte Shadowmender sanft einzulenken, doch ich ließ mich nicht aufhalten.

Ich berührte Jed nicht, sondern hielt nur meine Handflächen dicht neben sein Gesicht, als wollte ich ihn streicheln, ihn festhalten und küssen, wie ich es in den letzten Wochen dutzende Male getan hatte. Ich hatte mich von meinen Gefühlen blenden lassen. In diesem Moment hätte ich sagen können: „Ich dachte, du liebst mich“, denn das hatte ich tatsächlich geglaubt. Doch das spielte nun keine Rolle mehr. Es war nicht mehr wichtig.

Stattdessen sagte ich ihm mit ruhiger, leiser

Stimme, was wichtig *war*. Das, was mich in diesem Augenblick am meisten bewegte. „Ich habe dich geliebt, Jed. Danke, dass du mir geholfen hast, mich selbst zu finden. Danke, dass du mir geholfen hast, mich in den Gasthof zu verlieben. Danke, dass du mir geholfen hast, meine Zukunft und meinen Platz darin zu sehen."

Später fragte ich mich, ob ich es mir nur eingebildet hatte, denn niemand sonst erwähnte, eine Veränderung in seinem Gesichtsausdruck bemerkt zu haben, aber da war etwas in seinen Augen, als wir uns gegenüberstanden. Bedauern? Vielleicht.

„Du kannst uns jetzt nichts mehr antun. Weder mir noch meinen Freunden, und auch nicht dem Gasthaus oder dem Shady Wood", sagte ich zu ihm. „Ich verbanne dich von diesem Ort. Du wirst mein Haus und mein Land nie wieder betreten. Du bist in diesen Wäldern nicht willkommen, und das gilt ebenso für deinesgleichen." Ich trat einen Schritt zurück und drehte mich langsam zu meinen Freunden um, mit der stillen Aufforderung, mich bei Jeds Vertreibung zu unterstützen.

„Wir lassen dich gehen, damit du anderswo ein Leben in Frieden und Harmonie führen kannst." Ich streckte die Handflächen gen Himmel, dann auf ihn zu, schob ihn gedanklich von mir weg. „Leb wohl,

Jed!“ In diesem Moment schien sich die Erde unter meinen Füßen zu bewegen. Als meine Freunde sich mir anschlossen, entstand ein derart kraftvolles Magiefeld, dass die Welt knisterte, als würde alles um mich herum von einem tobenden Feuer erfasst werden. Und dann waren Jed und alle Mori verschwunden.

Kapitel 22

Mit hängenden Schultern blickte ich auf die Stelle, wo Jed eben noch gestanden hatte. Seitdem er in mein Leben getreten war, hatte ich mich weniger allein gefühlt. Im Hintergrund nahm ich das Gemurmel meiner Freunde wahr, die über ihre Blessuren stöhnten. Ich drehte mich um. Die ersten Streifen der Morgenröte erschienen am Horizont, und die Sterne verblassten einer nach dem anderen.

Kephisto und Shadowmender standen nebeneinander und beobachteten mich mitfühlend.

„Du wusstest es, nicht wahr?“, fragte ich, und Shadowmender nickte.

„Ich fürchte ja. Als du zu mir kamst, wusste ich

schon einiges, denn Millicent hatte mich auf dem Laufenden gehalten, und du hast mir die noch fehlenden Informationen geliefert. Als du mich zu Hause besucht und in die Kristallkugel geschaut hast, hatte ich diese zuvor darum gebeten, dir zu zeigen, wer den Zerstörungsfeldzug gegen dich und das Gasthaus anführt. Ich war mir sicher, dass die erste Person, die du sehen würdest, der Übeltäter sein musste.“

„Ich habe Jed gesehen“, erwiderte ich mit dumpfer Stimme. „Ich dachte, das wäre so, weil ich ihn im Gasthaus zurückgelassen hatte, damit er auf alles aufpasst. Ich dachte, die Kugel würde mir eine Art Momentaufnahme zeigen.“

„Er konnte seine Magie so effektiv ausspielen, weil du ihn praktisch dazu eingeladen hast, an deinem Leben teilzuhaben, und weil du ihm vertraut hast.“

„Millicent hatte ihn mir empfohlen“, betonte ich.

„Ja. Sie arbeitet seit Jahren undercover für uns hier in Whittlecombe. In diesem Fall hatte sie gleich mehrere Aufgaben: Sie hatte stets ein Auge auf die Geschehnisse im Gasthaus, besonders in den Zeiten, in denen deine Familie nicht vor Ort war. Vor allem aber hat sie Jeds Vater seit Langem verdächtigt, ein Mitglied der Mori zu sein, und so haben wir beschlossen, Jed zu dir zu schicken, um zu sehen, ob uns das weiterbringen würde. Millicent versteht ihr Handwerk, das hat sie immer wieder bewiesen. Es tut mir nur leid, dass du Gefühle für Jed entwickelt hast. Das war so nicht geplant."

In meinem Kopf drehte sich alles. Leute, denen ich vertraut hatte, waren nicht die, für die ich sie gehalten hatte, und einige, die ich verdächtigt hatte, schienen absolut vertrauenswürdig zu sein. Wie hatte ich all die Anzeichen übersehen können? „Er kannte all meine Schwächen. Ich habe ihm alles anvertraut. Es wäre so einfach für ihn gewesen, mich und das Gasthaus zu zerstören."

„Du bist stark, Alf", sagte Mr. Kephisto leise. „Du *wirst* darüber hinwegkommen."

„Ich habe dich nach meinem Besuch bei mir zu Mr. Kephisto geschickt, damit er meinen Verdacht bestätigt", fuhr Shadowmender fort. „Wir haben uns Sorgen um dich gemacht."

„Deswegen musste ich dich über Nacht dabehalten", fügte Kephisto hinzu. Offenbar hatten sich die beiden Zauberer perfekt abgesprochen und waren vollkommen einer Meinung.

„Du hast etwas in meinen Tee getan?“ Das wurde mir in diesem Moment klar. „Deswegen war ich auf einmal so furchtbar müde. Aber es hat mich nur für eine Weile ausgeknockt. Nach ein paar Stunden bin ich wieder aufgewacht und konnte vor lauter Sorge nicht mehr schlafen.“

„Ein mildes pflanzliches Beruhigungsmittel. Es tut mir leid. Ich habe dein Handy durchsucht, während du schliefst. Ich wollte Fotos von Jed sehen. Ich habe ihn erkannt, vor allem, weil sein Vater in dem Alter so ähnlich aussah. Sein Vater ist eine große Nummer bei den Mori. Er ist vor vielen Jahren vom Zirkel der Querkus übergelaufen. Offensichtlich will Jed in seine dunklen Fußstapfen treten.“

„Also ist Jed derjenige, der sich mit Talbot-Lloyd und Pimm verbündet hat?“, fragte ich.

Shadowmender nickte. „Die gute Nachricht ist, dass wir das jetzt alles klären können. Kümmere dich um diese Angelegenheiten, damit die Leute von der Gemeindeverwaltung dich in Ruhe lassen.“

„Was ist mit Penelope Quigwell?“, wollte ich wissen und sah, wie Mr. Kephisto unterdrückt grinste.

„Bei Penelope brauchst du keine Bedenken haben“, antwortete Shadowmender lächelnd. „Sie ist zwar ein alter Kauz und öfters ein wenig ... nun ja, schroff und von oben herab, aber glaub mir, sie ist großartig in dem, was sie tut. Sie arbeitet schon seit Jahrzehnten mit mir zusammen. Du wirst sehen, dass sie die Buchhaltung des Gasthauses und alle deine rechtlichen Angelegenheiten perfekt im Griff hat."

„Na gut", sagte ich und spürte in dem Moment, wie müde ich war. Irgendwann würde ich wohl wieder anfangen müssen, meinen Zeitgenossen zu vertrauen, aber das würde wahrscheinlich noch eine Weile dauern. Ich schüttelte den Kopf und dachte düster an Jed. „Er hat mich getäuscht. Ich dachte, ich könnte ihm vertrauen. Ich dachte, er wäre ... mein Freund."

Da ertönten aus der Nähe leise Eulenrufe. Mr. Hoo kam zu uns herübergeflattert und ließ sich auf der Bank neben mir nieder. Ich lächelte ihn an. „Danke. *Du* bist mein Freund", sagte ich. „Das hast du fantastisch gemacht, Kleiner." Ich strich ihm die Federn glatt. „Aber es wird schon Morgen, mein Lieber, nicht deine Zeit. Besorg dir noch schnell etwas zu essen, bevor die Sonne aufgeht. Ich sehe dich heute Abend."

„Hoo-ooo", antwortete die Eule und flog davon, wobei sie eine Menge Federn und Staub aufwirbelte.

Ich sah ihm liebevoll hinterher. Wenn er in der

Nähe war, würde ich heute Abend doch nicht ganz allein in meinem Gasthaus sein.

Shadowmender legte den Arm um meine Schultern. „Komm mal mit, Alf. Es gibt noch etwas, das du wissen musst. Und jemanden, den du kennenlernen solltest." Er führte mich an den Rand der Lichtung, wo noch immer zwei der grünen Kugeln in der Luft standen. Der Rest hatte sich wohl in den Wald zurückgezogen. Mit einem Mal drehten diese beiden sich immer schneller, ein blendender Blitz durchzuckte sie, und sie zerbarsten explosionsartig wie ein beeindruckendes Feuerwerk. Dann standen ein Mann in den Fünfzigern vor uns sowie eine deutlich ältere Frau.

„Alf", sagte der Mann, und in seiner Stimme lag eine Wärme, die Balsam für meine Seele war. Die Stimme, die ich im Wald gehört hatte, als die rote Kugel mich bedrohte. Eine Stimme aus meiner Vergangenheit.

„Dad?", fragte ich ungläubig und trat einen Schritt vor, um sein Gesicht besser sehen zu können. Ich blickte zu ihm auf, in seine klaren, weisen Augen. Sein Haar war länger, grauer, seine Gesichtszüge hagerer. Er sah ein wenig ausgemergelt aus, aber es war tatsächlich mein Vater. „Dad?", rief ich erneut aus, und meine Stimme brach. „Wo bist du gewesen? Warum bist du weggegangen?“

Dann schlang ich meine Arme um ihn und schluchzte mir mein gebrochenes Herz aus dem Leib.

„Ich musste meiner Berufung folgen“, sagte mein Vater, Erik Daemonne, als wir wenig später im Gasthaus zusammensaßen. Er hatte mich der älteren Frau vorgestellt, die offenbar allen als Anima bekannt war. Sie hatte sich in einer ruhigen Ecke nahe dem Eingangsbereich niedergelassen, während Zauberer Shadowmender und Mr. Kephisto sich einen Platz an der Bar gesucht hatten und die Ereignisse der Nacht sowie die nächsten Schritte besprachen.

Wir waren alle zusammen durch den Wald zurück zum Gasthaus marschiert und hatten dieses zu meiner großen Erleichterung unversehrt vorgefunden. Einige Mitglieder der Gruppe gingen direkt ins Bett, andere wollten ein Bad nehmen. Ich hatte meine Geister mental wachgerüttelt und zusammengetrommelt, als ich eintrat. „Wie sieht es mit Frühstück aus?“, fragte ich sie. „Und sucht noch mehr Sitzgelegenheiten. Und Handtücher.“ Sie nahmen die Herausforderung an, sausten durchs Haus, zündeten das Feuer im großen Kamin an und schickten Stühle vom Dachboden herunter. Bäder wurden eingelassen, Handtücher herausgesucht. Aus der Küche ertönten geschäftige Geräusche: Geschirr klapperte, Eier wurden aufgeschlagen und Speck brutzelte auf dem Herd. Irgendwann meinte ich sogar, ein Muhen zu hören. Seit wann besaß ich eine Kuh? Ich stand jedoch nicht auf, um nachzusehen.

Stattdessen saß ich neben meinem Vater, hielt seine Hand fest und hing an seinen Lippen. Er erzählte, dass er sich schon früh dazu berufen gefühlt habe, Mitglied des Querkus-Zirkels zu werden. Bereits als Junge, wenn er mit Millicent im Shady Wood gespielt hatte, habe er den Wunsch verspürt, etwas für die Umwelt tun zu wollen und die grünen Lungen unseres Planeten zu schützen.

„Bis zu einem gewissen Grad hatte deine Mutter Verständnis dafür“, erklärte er mir. „Sie wollte, dass ich meinem Herzen folge. Ich schloss mich den Querkus an, um ihnen zu helfen, die Wälder zu bewachen ... und die Mori zu bekämpfen. Seitdem bin ich der Wächter des Shady Wood und halte das Gasthaus und seine Bewohner im Auge.“

„Hast du Edvard Zadzinsky getötet?“, fragte ich.

„Ja. Er hat mir vor einiger Zeit im Shady Wood

aufgelauert. Da ahnte ich noch nicht, dass die Mori in Whittlecombe Einzug gehalten hatten."

„Du hast den Medb-Fluch angewandt?"

„Das habe ich. Dieser Kerl ist sofort zum Angriff übergegangen. Wenn ich ihn nicht zuerst getötet hätte, hätte er mich erledigt."

Mir fielen die Brandspuren ein, über die ich bei meinem ersten Spaziergang im Wald auf der Lichtung gestolpert war. „Und dann hast du ihn hinters Haus gebracht?"

„Ich wusste von Shadowmender, dass du auf dem Weg zum Whittle Inn bist. Ich wollte dich irgendwie vor der Gefahr warnen, dich vielleicht sogar davon abhalten, zu bleiben."

„Du konntest nicht ahnen, dass ich mich in dieses alte Haus verlieben würde", erwiderte ich und ließ den Blick zärtlich über die freiliegenden Balken und das alte Mauerwerk gleiten. Um uns herum herrschte reges Treiben. Geister, Hexen, Feen, Zauberer und wer weiß, was noch alles. „Warum konnten wir damals nicht alle hier leben? Hätten Mutter und ich nicht herkommen und bei dir wohnen können?", wollte ich von ihm wissen.

„Wir waren beide der Meinung, dass es für dich hier im Gasthaus und in den Wäldern nicht sicher genug gewesen wäre. Ich konnte den Gedanken nicht ertragen, dass du in die bösen Machenschaften der Mori verwickelt werden könntest, und wollte, dass du behütet aufwächst, bis du volljährig bist und ich das Gasthaus an dich weitergeben kann. Was ich nicht bedacht hatte, war, wie stur du bist. Ich hätte niemals damit gerechnet, dass du die Hexenkunst aufgeben und dich mit deiner Mutter überwerfen würdest."

„Oje." Ich erschauderte beim Gedanken an die schrecklichen Streitereien zwischen mir und Yasmin und bedauerte die Jahre unserer Entfremdung. „Ich habe mich in ihr geirrt. Sie hat versucht, mich zu beschützen, aber ich dachte, sie würde sich in mein Leben einmischen."

„Wir sind das anscheinend völlig falsch angegangen", sagte mein Vater in einem traurigen Ton.

„Konntest du nicht ein Mitglied der Querkus sein und hier im Gasthaus wohnen?", fragte ich, aber er schüttelte den Kopf.

„Nein", antwortete er schlicht. „Ich bin nicht mehr am Leben."

Mir blieb das Herz stehen. „Was meinst du?" Ich lehnte mich nach vorne, um seinen Körper zu berühren. Er fühlte sich fest an.

„Ich bin kein Geist wie die da", erwiderte er und deutete auf die Hausgeister, die durch den Raum schwirrten und dafür sorgten, dass Teekannen, Tassen und Besteck durch die Luft flogen und an die richtigen Stellen befördert wurden. „Aber ich existiere nicht mehr auf der sterblichen Ebene."

Er deutete auf Anima, die unserem Gespräch schweigend zugehört hatte. „Der Zirkel der Querkus lebt halb in der Geisterwelt und halb auf der Erde. Wir sind die Energiekugeln, die du in den Wäldern gesehen hast. Sie sind unsere Hüllen, mit denen sich unser Verstand fortbewegt. Sie ermöglichen es uns, unglaublich schnell zu reisen, wohin wir wollen. Sie sind eine wirksame Waffe gegen die Mori, obwohl die sich natürlich einer ähnlichen Methode bedienen."

„Du bist also nach wie vor tot", sagte ich traurig, und mein Vater griff nach meiner Hand.

„Das bin ich", entgegnete er. „Aber du bist nicht länger allein. Nicht zuletzt, weil du zu deiner ureigenen Kraft zurückgefunden hast. Und du wirst feststellen, dass Penelope alle Konten penibel geführt hat. Es ist alles auf dem neuesten Stand und genug Geld da, um das Gasthaus fertig zu renovieren und auch die Cottages im Dorf ein wenig auf Vordermann zu bringen. Mithilfe der Geister wirst du aus diesem Gasthaus etwas Wunderbares machen. Und weißt du was? Weil ich auch eine Art Geist bin, kannst du mich jederzeit rufen. Wann immer du mich brauchst, komm auf die Lichtung im Shady Wood und ich werde im Nu da sein."

„Und du bist weiterhin der Wächter des Shady Wood?", fragte ich.

Er nickte. „Und du bist die Retterin des Whittle Inn."

Epilog

Ein paar Tage später fand ich mich auf einer anderen Lichtung in einem anderen Wald wieder. Genau an diesem Ort hatte vor einigen Monaten die Beerdigungszeremonie für meine Mutter stattgefunden, geleitet von Zauberer Shadowmender. Seitdem hatte sich viel verändert, vor allem in meinem Inneren. Heute jedoch wollte ich etwas wiedergutmachen. Aus diesem Grund hatte ich ein kleines Feuer angezündet, und als es ordentlich brannte, warf ich feuchtes Moos in die Flammen, um es zum Schwelen zu bringen.

Hier stand ich nun, während der Rauch mir beißend in die Augen trieb. Ich wischte mir die Tränen weg und konzentrierte mich darauf, mir ein Bild meiner Mutter vor Augen zu rufen. Schließlich erschien ihr Gesicht hell und klar vor mir, und ich lächelte, als ich sie sah.

Ich entfaltete den Brief, den ich ihr geschrieben hatte, und las ihn laut vor.

Liebe Yasmin,

ich möchte mich entschuldigen. Es war zwar falsch von dir und Dad, mir die Wahrheit vorzuenthalten, aber auch ich habe Fehler gemacht. Jetzt ist mir klar, dass ihr stets versucht habt, mich auf das Leben vorzubereiten, das ich eurer Meinung nach führen würde. Es muss eine bittere Enttäuschung für dich gewesen sein, als ich mich von der Magie abgewandt habe.

Ich möchte, dass du weißt, dass ich zu meiner Bestimmung zurückgefunden habe. Und dass ich jeden Tag mehr lerne. Ich werde weiterhin an meinen Fähigkeiten und mit meinen Geistern arbeiten. Ich hoffe, eines Tages halb so gut zu sein, wie du es als Hexe warst, und halb so gut wie mein Vater als Zauberer. Ich habe vor, einen rechtschaffenen Weg einzuschlagen, mich für die Seite des Guten zu entscheiden und mich von dunklen Pfaden fernzuhalten.

Aber du sollst auch wissen, dass die Zeit, in der ich nichts von der Hexenkunst wissen wollte, nicht vergeudet war. Ganz im Gegenteil. Mein Leben unter den Normalsterblichen hat mir wertvolle Erfahrungen beschert. So weiß ich jetzt, wie ein Gastgewerbe funktioniert und wie man ein Unternehmen führt. Ich bin also gut gerüstet, um mich um das Whittle Inn zu kümmern.

Und deshalb, Mum, sollten wir uns vielleicht damit trösten, dass wir am Ende beide recht behalten haben, wenn auch aus unterschiedlichen Gründen.

Ich habe beschlossen, mein Gasthaus nicht in direkter Konkurrenz zum Hay Loft in Whittlecombe zu führen. Eine Freundin aus dem Dorf, Rhona, meinte vor einiger Zeit, ich solle mir Gedanken über meine Zielgruppe machen, und angesichts des enormen Erfolgs, den ich in den letzten Tagen mit der Bewirtung von Hexen, Zauberern, Druiden, Sehern und anderen Magiebegabten hatte, denke ich, dass ich genau weiß, wer meine zukünftige Kundschaft sein wird.

Am Ende regeln sich alle Dinge von selbst. Es tut mir nur leid, dass ich dir nicht mehr sagen konnte, dass ich dich liebe, bevor du diese Daseinsebene verlassen hast. Vielleicht werde ich eines Tages, wenn wir beide dazu bereit sind, deinen Geist anrufen, und wir können zusammensitzen und über alte Zeiten plaudern.

Deine dich ewig liebende Tochter

Alfhild

Ich holte tief Luft, warf den Brief ins Feuer und

beobachtete, wie das Papier trotzig an seiner Form festhielt, bis es schließlich doch von den Flammen erfasst und gierig verschlungen wurde. Noch Sekunden danach sah ich es dort wie einen Geist in seiner ursprünglichen Form, obwohl es bereits zu Asche zerfallen war.

Ich blieb noch ein paar Minuten stehen, wo ich war, legte den Kopf zurück und beobachtete die grauen Schwaden, die in den milchigen Himmel aufstiegen. Bildete ich mir das nur ein oder sahen die Rauchwolken da oben tatsächlich so aus wie die vertrauten windschiefen Umrisse des Whittle Inn?

Lächelnd machte ich mich auf den Heimweg. Nach Devon, meinem neuen Zuhause. Die allerschrägste Hexe auf dem Weg zurück zu ihrem schrägen Gasthaus.

Auch von Jeannie (in englischer Sprache):

The Complete Wonky Inn Series

(in chronological reading order)

The Wonkiest Witch: Wonky Inn Book 1
The Ghosts of Wonky Inn: Wonky Inn Book 2
Weird Wedding at Wonky Inn: Wonky Inn Book 3
The Witch Who Killed Christmas: Wonky Inn Christmas Special
Fearful Fortunes and Terrible Tarot: Wonky Inn Book 4
The Mystery of the Marsh Malaise: Wonky Inn Book 5
The Mysterious Mr Wylie: Wonky Inn Book 6
The Great Witchy Cake Off: Wonky Inn Book 7
Vengeful Vampire at Wonky Inn: Wonky Inn Book 8

Witching in a Winter Wonkyland: A Wonky Inn Christmas Cozy Special

A Gaggle of Ghastly Grandmamas: Wonky Inn Book 9

Magic, Murder and a Movie Star: Wonky Inn Book 10

O' Witchy Town of Whittlecombe: A Wonky Inn Christmas Cozy Special

Judge, Jury and Jailhouse Rockcakes: Wonky Inn Book 11

A Midsummer Night's Wonky: Wonky Inn Book 12

Halloween Heebie-Geebies: Wonky Inn Book 13

Owl I want for Witchmas is Hoo: A Wonky Inn Christmas Cozy Mystery

Oh Mummy!: Wonky Inn Book 14

Pieces of Hate: Wonky Inn Book 15

The Faery of Witchmas Past: A Wonky Inn Christmas Cozy Special

A Barbarous Band of Blood Brothers: Wonky Inn Book 16 (Release date TBC)

Spellbound Hound

Ain't Nothing but a Pound Dog: Spellbound Hound Magic and Mystery Book 1

A Curse, a Coven and a Canine: Spellbound Hound Magic and Mystery Book 2
Bark Side of the Moon: Spellbound Hound Magic and Mystery Book 3
Master of Puppies: Spellbound Hound Magic and Mystery Book 4
Dem Bones, Dem Bones: Spellbound Hound Magic and Mystery Book 5 (Release TBC)
Up, Pup and Away: Spellbound Hound Magic and Mystery Book 6 (Release TBC)

Wonderland Detective Agency

Dead as a Dodo: Wonderland Detective Agency Book 1
The Rabbit Hole Murders: Wonderland Detective Agency Book 2
Tweedledumb and Tweedledie: Wonderland Detective Agency Book 3
The Curious Incident at the Pig and Pepper: Wonderland Detective Agency Book 4
A Tragic Tea Party: Wonderland Detective Agency Book 5
The Pool of Tears: Wonderland Detective Agency Book 6

Auch von Jeannie (in englischer Sprache):

Into the Labyrinth: Wonderland Detective Agency Book 7 (Release TBC)

The Municipality of Lost Souls

Sugar Plum Scary: A Cozy Fairy Tale Retelling (Mister Magigi's Magical Emporium) (2020)

Midnight Garden: The Extra Ordinary World Novella Series Book 1

Beyond the Veil
mybook.to/BTV

Crone
mybook.to/CroneJW

A Concerto for the Dead and Dying (short story)
mybook.to/ConcertoDead

Deadly Encounters: A collection of short stories
mybook.to/DeadlyEncounters

Keepers of the Flame: A love story (Novella)

Auch von Jeannie (in englischer Sprache):

mybook.to/keepers

With Peter Alderson Sharp
The Creature from the Grim Mire: A humorous Sci-fi, Time Travel and Alien Contact Mystery

Non-Fiction
Losing my best Friend: Thoughtful support for those affected by dog bereavement or pet loss
mybook.to/LosingMyBestFriend

Ohne Titel

Updates von Jeannie gibt's hier:

Sign up for Jeannie's newsletter on her website www.
subscribepage.com/JeannieWycherleyWonky

Buy Jeannie a coffee
www.buymeacoffee.com/jeanniewych

Find out more at on the website www.
jeanniewycherley.co.uk

Or visit her on Facebook for her fiction
www.facebook.com/jeanniewycherley

Follow Jeannie on Instagram (for bears and books)
www.instagram.com/jeanniewycherley

Live reads and signed books available from Jeannie on Tiktok @jeanniewycherley